KB264943

하루 7분
기적의 글쓰기

하루 7분 기적의 글쓰기

초판 1쇄 발행 2013년 7월 20일
초판 2쇄 발행 2013년 9월 1일

지 은 이 김병규
발 행 인 권선복
편집주간 김정웅
편 집 신지은
디 자 인 김소영
전 자 책 신미경
마 케 팅 서선교
발 행 처 도서출판 행복에너지
출판등록 제315-2011-000035호
주 소 (157-010) 서울특별시 강서구 화곡로 232
전 화 0505-613-6133
팩 스 0303-0799-1560
홈페이지 www.happybook.or.kr
이 메 일 ksb6133@naver.com

값 15,000원
ISBN 978-89-97580-89-7 13800

도서출판 행복에너지는 독자 여러분의 아이디어와 원고 투고를 기다립니다. 책으로 만들기를 원하는 콘텐츠가 있으신 분은 이메일이나 홈페이지를 통해 간단한 기획서와 기획의도, 연락처 등을 보내주십시오. 행복에너지의 문은 언제나 활짝 열려 있습니다.

One Day SEVEN Minute Miracle Writing

하루 7분 기적의 글쓰기

김병규 지음

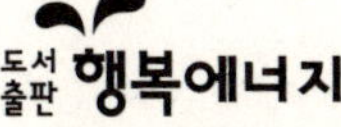

들어가며 이 책을 쓴 이유

어떻게 하면 손쉽게 좋은 글을 쓸 수 있을까? 글쓰기에 관심을 갖는 사람이라면 누구나 열망한다.

나의 글쓰기는 학창시절부터 틈틈이 써온 일기가 바탕이 됐다. 지난날의 추억들을 더듬어 가며 홀로서기로 나섰다. 그러나 혼자만의 힘으로는 역부족이었다. 체계적인 글쓰기 공부가 절실히 필요했다. 2003년부터 이화여자대학 평생교육원의 '수필문학 강좌'를 2년간 수료했다. 이어 등단 모임인 한국문인 · 수필가협회, 원석문학회 등에서 활동하며 꾸준히 글을 써왔다.

좋은 글을 쓰기 위해 이런저런 강의도 수없이 들었고, 글쓰기 관련 책도 30여 권이나 구하여 보았지만 생각만큼 도움이 되지 못했다.

나는 30여 년의 공직 생활 중 다년간 '업무분석 전문가'로 일한 경험을 살려, 이 책을 쓰게 되었다. 글쓰기에 도움이 될 만한 책과 글들을 참고하고 응용하면서, 직장에서 업무를 분석하듯 체계적으로 정립했다. 자연스레 글쓰기 노하우가 축적되었고, 드디어 내가 바라는 이 책이 탄생되었다.

이 책은 나의 10여 년 동안 글쓰기 공부와 힘겨운 씨름을 통해 얻은 결실, 바로 '글쓰기 알짜배기 총집합'이다.

최근 글쓰기 부문에서 새로운 변화가 일어났다. 불과 몇 년 전만 해도 시와 소설에 밀려 찬밥신세였던 〈수필〉이 베스트셀러의 중심부를 차지했다. 이는 오늘날의 디지털문화시대에 가볍고 애틋한 정서를 풍기는 수필이 보다 매력적이라는 사실을 반영한 것이다.

2011년도 보건복지부의 통계에 의하면 우리나라 치매인구는 48만 명(노인인구의 9%)이며, 2030년에는 100만 명에 달한다고 한다. 이러한 고령화시대에 치매예방을 위한 슬기로운 선택으로 글쓰기가 으뜸으로 꼽히고 있다. 쓰고 읽고 느끼는 창의력 속에 삶의 의욕과 건전한 정신이 깃들기 때문이다. 그래서일까. 갈수록 글쓰기 인구가 늘고 독자들의 관심이 높아지고 있다.

이 책이 탄생하기까지는 이화여대 평생교육원의 수필문학 지도 교수이신 김상태 문학박사와 원석문학회원 여러분의 도움이 컸다. 특히 글쓰기의 습작과 사례는 지금까지 십여 년간 지속해 온 김상태 문학박사의 지도와 원석문학연구 모임 덕에 보다 알찬 결실을 보게 되었다.

이 책은 배우기 쉬운 글쓰기 종합자습서다. 단 한 번만 눈여겨보아도 글쓰기 실력이 사뭇 나아질 것이다. 글쓰기에 입문하는 분에게는 흐뭇한 자신감을, 좋은 글을 쓰고자 하는 분에게는 영예로운 등단을 선물하리라 확신한다.

요즈음 도서출판의 어려운 여건에서도 전 국민 글쓰기 운동 등

국민문화 함양에 헌신적인 행복에너지 출판사 권선복 사장과 임직원의 노고에 감사한다. A4 용지 165쪽 분량의 산만한 원고가 새뜻한 책으로 탄생되어 뿌듯한 보람을 느낀다.

2013년 6월

저자 **김병규**

· 글쓰기에 유용한 책과 자료를 수집하여 종합·분석했다

– 저명한 작가가 쓴 30여 권(250쪽 참조)을 면밀히 분석하고,

– 글쓰기 전반에 걸쳐 도움이 될 만한 엑기스를 빠짐없이 도출·정제하여 새롭게 재창작했다.

· 이 책 한 권으로 글쓰기에 용기와 자신감을 불어넣을 수 있다

– 단어나 문장 또는 이론 중심에 치우친 단편적인 책이 아니라,

– 글쓰기에 유용한 지식과 사례 그리고 용어를 종망라한 글쓰기 알짜배기 종합 자습서다.

· 글쓰기에 익숙하고 편리하도록 논리적·체계적으로 구성했다

– 글쓰기의 기본 단계에서 성숙 단계로 순차적으로 전개하고,

– 난이도와 유사성을 심층 분석하여 세세 단위로 정리·정돈하여 초보자도 알기 쉽도록 했다.

· **독자의 입장에서 접근하여 독자의 다양한 요구에 부응했다**

– 글쓰기를 업業으로 하는 전문가가 가르치는 입장이 아니라,

– 10여 년간 글쓰기를 공부한 산 경험과 산 지식을 바탕으로 글쓰기 수련자 입장에서 썼다.

· **인간 공학적으로 편집했다**

– 소지하기 편리하도록 책의 사이즈와 두께를 조정하고,

– 산뜻하고 간결하도록 문자의 크기나 형태 그리고 여백을 설계하는 등 독자와 책의 상호작용을 원활하게 했다.

목차

제2장 글쓰기의 성숙단계

제3장 글쓰기에 유용한 용어 모음

최근에 글을 써 본 적이 있는가. 써 보았다면 어떤 글을 썼는가. 인터넷의 댓글이나 휴대폰의 문자메시지 같은 조각글이 아닌 온전한 글인가. 컴퓨터를 마주 보고 하루를 반성한 일기도 좋다. 다정한 친구에게 보내는 편지라면 더 좋다. 한 편의 영화를 감상하고 느낀 대로 쓴 글이라면 더더욱 좋다.

한글을 배운 사람이라면 누구나 마음만 먹으면 글을 쓸 수 있다. 옳은 말이다. 그렇다고 아무렇게 글을 쓸 수는 없다. 사람에 따라서는 글쓰기에 대한 사전 지식이나 교육 없이도 글을 잘 쓸지도 모른다. 그러나 대개의 경우 글쓰기에 대한 꾸준한 노력이 필요하다.

이 장에서는 먼저 글의 개념을 이해하고 글쓰기의 접근방법, 글쓰기의 문법, 올바른 단어 사용 등 글쓰기의 기본지식을 공부한다. 이러한 글쓰기 지식을 토대로 쓰고자 하는 온전한 글을 문법적으로나 논리적으로 잘 전개하는 데 그 목표를 둔다.

제1장

글쓰기의 기본단계

글의 이해

글쓰기의 접근방법

글쓰기의 문법

글쓰기의 올바른 단어

글의 이해

글을 쓰려는 사람이라면 글에 대한 최소한의 이해가 필요하다. 어쩌면 일반상식에 가까울지 모른다. 여기서는 글의 의미와 범위, 글을 쓰는 이유, 글의 구성요소에 대해서 간략히 살펴보기로 한다.

가. 글의 의미

글이란 무엇인가. 국어사전은 '어떤 생각이나 일 따위의 내용을 글자로 나타낸 것'이라고 정의한다. 쉬운 뜻풀이다. 그러나 이보다는 '말을 글자로 쓰면 글이다'가 더 간단명료하다. 말을 글자로 나타내면 글이 되듯이 생각이나 느낌 등의 감정과 잠재의식도 글이 된다. 무엇이든 우리가 글자로 나타내는 순간 글로 변하는 것이다.

글이 말보다 낫다고 한다. 말보다 질서가 있고 논리를 갖추고 있어 자신을 잘 알리고 소통이 잘되어서다. 말은 입에서 떠나면 그만인 즉시성인데 반해 글은 오랫동안 생각하고 여과시킬 수 있는 지속성이다. 그래서 말보다 글이 더욱 빛난다. 그러니 오늘날과 같은 개성 시대에 자기표현 수단으로 글만 한 것이 어디 있겠는가.

글쓰기로 이름난 작가 〈이외수〉는 글을 쌀로 비유했다. "쌀로 떡을 빚어서 독자를 배부르게 만들거나, 술로 빚어서 독자를 취하게 만드는 것은 글쓴이의 자유다. 그러나 어떤 음식을 만들든지 부패시키지 말고 발효시키는 일에 유념하라." 이는 우리의 삶에서 글은 주식인 쌀처럼 소중하므로 그만큼 가치 있게 써야함을 강조한 것이다.

나. 글의 범위

이처럼 글자로 나타낸 것은 모두 글이다. 그렇다고 무슨 뜻인지도 모르는 암호문이나 지저분한 저질의 낙서를 글이라고 볼 수는 없다. 우리가 지향하는 글은 독자에게 정보를 제공하고 공감과 감동을 선사하는 순기능이어야 한다.

이들 글을 편의상 유형별로 분류하면 다음과 같다.

- **수필(에세이) 형식** : 편지, 일기, 여행기, 수기, 감상문, 관찰문 등 체험담이 주류를 이룬다. 형식이나 기법에 구애받지 않고 누구나 가볍게 쓸 수 있어

산문이라고도 한다. 그러나 최근에는 지성인의 관심이 많아졌고 그만큼 질적으로 향상되어 문학예술로의 발돋움을 하고 있다.

- **문학 형식** : 시, 소설, 시나리오, 희곡, 동화, 만화 등의 창작품을 말한다. 허구와 가상으로 그럴듯하게 꾸미고 일정한 형식을 갖춘 글로 문학성이 강해 전문작가들이 주로 쓴다.
- **일·용건 형식** : 소개서, 논술, 기사, 평론, 보고서 등을 말한다. 개인의 능력을 일이나 용건에 맞게 발휘할 수 있는 역할을 한다.
- **선전·홍보 형식** : 표어, 광고, 홍보물 등을 말한다. 사람의 눈길을 끌 수 있도록 간결한 문체와 더불어 그림으로 제작하는 것이 많다.
- **학술 형식** : 논문, 연구보고서 등을 말한다. 소관 분야의 전문가가 학술적으로 연구하여 그 결과를 정립한 것이다.

이 책에서는 전문적이고 직업적이거나 어렵고 까다로운 글은 배제하고 누구나 가볍게 마주할 수 있는 〈수필쓰기〉에 중점을 둔다. 수필은 흔히 잡문 또는 산문으로 여기고 시나 소설에 비해 문학성이 떨어진다고 하지만 늘 우리 삶의 현장에 가까이 있는 유익한 것이다.

비록 가볍게 쓸 수 있는 수필이라 하지만 좋은 글을 쓰기란 그리 쉽지 않다. 막상 가까운 친구에게 보내는 안부 편지조차 매끄럽게 잘 써지지 않는다. 하물며 불특정 다수의 독자를 상대로 글을 쓴다는 것은 말할 나위 없다.

다. 글을 쓰는 이유

왜 글을 쓰는가. 사람마다 글을 쓰게 된 동기와 이유가 다르다. 글을 안 쓰는 것보다 쓰는 것이 낫다는 엄연한 사실은 누구나 잘 안다. 그러나 막상 글을 쓰려면 몸과 마음이 잘 따라주지 않는다.

당신이 이따금 생각날 때 글을 쓴다면 글쓰기에 성의가 있는 사람이다. 취미삼아 글을 쓰거나 소일거리로 글을 쓴다면 참으로 대단한 사람이다. 글을 쓰면 즐거워서 글을 쓰지 않고는 못 배기는 사람은 작가가 될 만한 열의를 가진 사람이다.

글쓰기로 이름난 작가들의 반응은 어떠했을까. 그들은 '글쓰기는 고난과 좌절과 시련에서 벗어나려는 몸부림의 발산이요 분출이다!'라고 심회를 털어놓았다. 이는 역경 속에서도 좌절하지 않고 삶의 의욕을 불사르게 한 힘이 바로 글쓰기라는 것을 입증해준다.

우리나라 제18대 대통령(박근혜)은 일찍이 수필가로 등단하였다. 어린 시절 대통령 딸로 청와대에서 공주처럼 유복하게 살다가 갑자기 부모님을 여읜 슬픔과 좌절, 그 18년이란 긴 외로움과 고난의 항해에서 글쓰기가 유일한 위안과 버팀목이었다고 한다. 그 글이 무르익고 숙성되어 수필작가로서 진면목을 보여 주었고 그 내공의 힘이 훌륭한 지도자로 이끈 것이다.

이처럼 글쓰기는 사람에 따라 다르게 반응한다. 아무튼 우리와 같은 평범한 사람도 삶의 현장에서 부딪힌 '희로애락喜怒哀樂'을 자연스럽게 발산하면 좋은 글이 탄생하는 것이다.

글을 쓰면 마음이 편안하고 위안이 된다. 글쓴이의 수양으로 끝나는 게 아니다. 독자에게도 그 영향이 순기능으로 미친다. 글의 힘은 세다. 칼보다 더 센 무기라고도 하지 않은가.

라. 글의 구성 요소

우리 한글은 다음의 7가지 요소로 글을 이루고 있다. 이들 요소를 작은 단위부터 차례로 설명하면 다음과 같다.

① **음소**音素 : 더 이상 작은 단위로 나눌 수 없는 문자의 최소단위로 자음(ㄱ, ㄴ…), 모음(ㅏ, ㅑ…)을 말한다.

② **음절**音節 : 음소가 모여서 이루어진 소리의 한 덩어리로 '가, 나, 글, 쓰, 기…' 등의 소리마디를 말한다.

③ **단어**單語 : 문법상의 일정한 뜻과 구실을 가지는 말의 최소단위로 '수필, 세계, 인터넷…' 등의 낱말을 말한다.

④ **어절**語節 : 문장에서 도막도막 이루어진 뛰어 쓰기의 단위로 '봄에는 꽃이 핀다'에서 '봄에는', '꽃이', '핀다'를 말한다.

⑤ **문장**文章 : 어절이 모여 어떤 생각이나 느낌을 나타낸 글월로 단문, 중문, 복문의 3가지 형태가 있다.

– 단문 : 봄에는 꽃이 핀다.

- 중문 : 꽃이 피고 새가 운다.

- 복문 : 꽃이 피고 새가 우니 자연은 분명 살아 있다.

한 문장은 평균 40자 정도이다.

⑥ **문단**文段 : 유사·동질성의 문장들을 모아 하나의 그룹으로 단락段落을 지어놓은 형태로 문단의 시작은 들여쓰기가 원칙이다. 내용상으로는 주제에 종속된 소주제小主題를 나타내며, 한 문단의 길이는 평균 170자(3~5줄) 정도이다.

⑦ **글(작품)** : 여러 개의 문단이 모여 주제에 대한 중심사상을 나타내는 글 전체를 말한다. 수필의 경우 평균 1,300자(18~20문단) 정도이다. 그러나 특별한 제한은 없고 작품 공모 시 A4용지 3매(12 크기) 이내로 한정하는 경우가 많다.

다음은 피천득(1910~2007)의 작품 「수필」에서 문단의 예시를 설명하기 위해 전체 10문단 중 서두 부분의 3문단만 발췌한 것이다. 1문단은 5줄, 2문단은 3줄, 3문단은 3줄로 구성되어 있다.

수필

- 피천득

수필隨筆은 청자연적青瓷硯滴이다. 수필은 난蘭이요, 학鶴이요, 청초清楚하고, 몸맵시 날렵한 여인이다. 수필은 그 여인이 걸어가는, 숲속으로 난 평탄하고 고요한 길이다. 수필은 가로수 늘어진 포도鋪道가 될 수도 있다. 그러나 그 길은 깨끗하고 사람이 적게 다니는 주택가에 있다.

수필은 청춘의 글은 아니요, 서른여섯 살 중년 고개를 넘어선 사람의 글이며, 정열情熱이나 심오한 지성知性을 내포한 문학이 아니요, 그저 수필가가 쓴 단순한 글이다.

수필은 흥미는 주지마는, 읽는 사람을 흥분시키지 아니한다. 수필은 마음의 산책散策이다. 그 속에는 인생의 향기와 여운餘韻이 숨어 있다.

- 이하 생략-

글쓰기의 접근방법

글쓰기는 우리에게 많은 가치를 선사한다. 말로써는 이루 다 표현할 수 없는 섬세한 내용까지도 오래오래 기록으로 남길 수 있는 글이야말로 희로애락의 전달매체로 부족함이 없다.

어떤 사물에 느끼고 감동을 받아 한 편의 글을 쓴다는 것은 그만큼 정서적으로 건전하고 위안과 즐거움도 맛볼 수 있다는 것이다. 한 편의 좋은 글은 세상을 밝고 아름답게 만들기도 하고 죽어가는 사람에게 새로운 용기를 주기도 한다.

그러므로 먼저 글쓴이의 마음가짐 즉, 기본자세를 단단히 갖추고 글쓰기 공부에 임해야 한다. 그 다음으로 글쓰기의 순서를 이해하는 것이 중요하다. 이를 위해 글쓰기의 사례를 생생하게 전개함으로써 글쓰기의 올바른 이해와 자신감을 갖도록 한다.

가. 글쓰기의 기본자세

글을 쓰는 사람의 마음가짐은 어떠해야 하는가? 마음가짐 여하에 따라 글쓰기가 번창할 수도 있고 부진할 수도 있다. 다음은 글쓴이가 보다 적극적으로 글쓰기에 매진하기 위해 유의해야 할 사항을 든 것이다.

일단 글을 쓰고 본다

글을 쓰는 데는 정도正道가 따로 없다. 글을 씀으로써 글 쓰는 법을 스스로 익히는 것이 바람직하다. 우리가 몸을 건강하게 하려고 하면 건강서적을 읽는 것보다 운동을 하는 것이 더 효과적인 것처럼 글을 잘 쓰기 위해선 처음부터 이것저것 따지고 공부하기보단 글을 써보는 것이 낫다.

좀 지나친 표현일지 모르지만 무조건 쓰고 보는 것이 글쓰기의 지름길이다. 글감은 멀리 있는 게 아니라 바로 우리 주변에 있다. 그러니 주변의 신변잡기라도 자기의 글로 써놓고 봐야한다. 첫 글, 아니 첫 작품을 썼다는 자부심을 갖게 되면 이를 발판으로 일취월장하는 계기가 만들어질 것이다.

글쓰기가 그렇게 어렵고 대단한 것만은 아니다. 하고 싶은 이야기를 마음이 통하는 누군가에게 들려준다는 느낌으로 수다 떨듯, 낙서하듯 쓰면 된다. 입으로 조리 있게 하면 말이 되는 것처럼, 손으로 논리정연하게 쓰면 글이 되는 것이다. 말문이 막히면 단어들만이라도 하나씩 하나씩 써 가고, 그렇게 써 가다 보면 자연스레 영감이 떠오르고 글쓰기에 자신감이 생긴다.

나이를 의식하지 않는다

우리는 보통 나이 55세가 넘으면 일터에서 밀려난다. 65세가 넘으면 정식 노인으로 인정받아 전철 등 교통수단을 무료로 타기도 하고 노약자 보호석에 앉는 등 보호대상이 된다. 이러한 문화 탓인지 글쓰기뿐만 아니라 다른 분야에서도 노년의 활동이 미미하다.

그러나 필자는 나이가 들수록 글쓰기만큼 좋은 소일거리는 없다고 생각한다. 글쓰기에 공을 들이다 보면 저절로 마음도 다스려져 편안해지기 때문이다. 또한 머리를 쓰고 손을 움직이는 창작활동으로 노인성 치매예방에 효과도 좋다.

미국 소설가 코맥 매카시McCarthy는 장편소설 『로드Road』를 써서 73세인 2007년에 퓰리처상을 수상하였고 180만 부나 팔려 베스트셀러가 되었다. 어디 그뿐인가. 2011년 일본에서는 99세 할머니 시바타 도요柴田トヨ의 시집 『약해지지 마』가 100만 부를 돌파했다고 한다.

99세 할머니의 글은 평범한 일상에 대한 추억과 감사를 소재로 한 글이다. "괴로운 일도 많았지만 살아 있어 좋았다." 등 삶에 대한 소박하고 애틋한 시선이 독자의 마음을 사로잡았다. 할머니는 남편과 사별하고 외로움을 달래기 위해 열성적으로 시를 쓰게 됐다고 한다.

그 결과 독자들에게 좋은 호응을 얻어 베스트셀러가 될 수 있었다.

이처럼 온갖 풍파를 다 겪은 연륜에서 진솔하고 감동적인 글이 탄생한 것이다. 이 할머니의 시를 읽고 마음이 안정되어 자살하려던 사람이 생각을 바꾼 일도 있었다고 한다. 어느 누구든 자신감과 배짱을 가지고 꾸준히 글을 쓰면 그 열매는 분명 찬란하게 빛날 것이다.

좋은 글을 읽고 참고한다

자기 나름대로의 글을 쓰면서 발전을 위해 꾸준히 글쓰기 공부를 한다. 작가의 좋은 글을 많이 읽고 감동이나 교훈을 주는 문구나 문장을 선별하여 체계적으로 축적해두고 참고하면 큰 도움이 된다.

이 책 제3장의 '글쓰기에 유용한 용어 모음'은 필자가 글쓰기 공부를 하면서 은행에 저금하듯 소중히 관리해 온 산물이다. 독자에게도 많은 도움이 되리라 생각된다.

미국의 수많은 작가가 헤밍웨이의 문체를 모방했다. 셰익스피어는 남이 쓴 문구까지 자기 글에 여기저기 도용해 썼다. 그리하여 낡은 자신의 글에 새로운 힘을 불어넣어 오히려 더 유명해졌다.

글을 쓰는 사람이라면 대가들의 솜씨가 담긴 글을 자신의 뜻이나 취향에 맞게 응용할 줄 알아야 한다. 운동선수나 음악가도 마찬가지다. 남의 글을 읽고 마음에 드는 문장이 있어 한두 문장 그대로 모방한다 해도 누가 탓할 이 없다. 글쓰기의 초보자일수록 남의 좋은 글을 많이 읽고, 모방하고, 참고해야 발전한다.

남의 좋은 글을 읽지 않고 그저 자기 글만 무턱대고 쓰려고 덤비는 것은 밑천 없이 장사하려는 것과 다를 바 없다. 남모르게 간혹 남의 글을 빌리기도 하고 훔치기도 하는 솜씨가 있어야 한다.

진솔하고 정중하게 쓴다

'살아 있는 글'과 '죽은 글'을 구분하는 가장 바람직한 기준은 글 속에 진솔함이 담겨 있느냐 없느냐의 여부다. 그러니 글쓰기에는 무엇보다도 진실이 중요한 것이다.

아무리 뛰어난 재담가라도 자신이 감동받지 않은 소재로 타인을 감동시킬 수 없다. 진실은 머릿속에 있는 것이 아니라 가슴속에 있기 때문이다. 꽉 닫혀있는 가슴을 활짝 열어야 한다. 감동은 머리로 받아들이는 것이 아니라 가슴으로 받아들이는 것이다.

자기의 과거 행적이나 일상의 모습을 자랑하거나 지나치게 내세우는 글은 독자에게 거부감을 준다. 그렇다고 지나치게 겸손할 필요는 없다. 평상심으로 정중하게 써나가면 되는 것이다.

사물에 대한 애정을 갖는다

사물에 대한 관심과 애정을 지니고 소박하게 자신의 생각이나 느낌을 글로 정리해 나가는 자세야말로 글쓰기의 좋은 본보기가 된다.

디즈니는 무명시절, 골방에 갇혀 혼자 그림을 그렸다고 한다. 그때 생쥐 한 마리가 자주 나타나 디즈니가 빵을 먹는 모습을 흘깃거리곤 했다. 디즈니는 그 생쥐에게 빵 쪼가리를 조금씩 던져 주었다. 그러면서 생쥐에게 특별한 애정을 느끼기 시작했다고 한다.

만약 디즈니가 생쥐를 거부감이나 혐오감으로 대했다면 평생을 무명으로 지냈을 것이며, 우리는 '미키 마우스'를 만나지 못했을 것이다. 진실로 남을 감동시킬 수 있는 글을 쓰고 싶다면 먼저 사물에 대한 거부감이나 혐오감부터 몰아내야 한다.

생각의 빅뱅(‽)에 젖어든다

글은 충동과 의욕에서 쓰여 지는 것이다. 충동과 의욕은 외부로부터 자극에 의해서 고개를 쳐드는 성질을 가지고 있다. 세상을 일상적이고 습관적으로 바라보는 사람에게는 충동과 의욕이 빈곤하여 좋은 글을 쓸 수가 없다. 사물을 대하는 감각이 둔감한 사람은 언어에 대한 감각도 둔감하기 때문이다.

또한 사물을 바라보는 관찰력과 감수성이 풍부해야 한다. 설레고 감탄하고 놀란 감정이나 느낌들 모두가 글감이 된다. 일상에서 무언가 궁금하고 의문이 생기면 계속해서 물음표(?)를 던지고 골똘히 생각하는 자체가 글감인 것이다. 일상생활에서 그동안 발견하지 못했던 작은 변화에도 놀랍고 감탄하여 느낌표(!)를 던지며 찡한 감정을 발산하는 자체가 글감이 된다.

얼마 전 필자는 『100세들의 명언(일본, PHP문고)』이란 책에서 '세상에 ?와 !만 있으면 다른 것은 필요 없다.'란 메시지를 받고 이를 더욱 실감했다. 일상에서 '?'를 던지고 생각을 거듭하여 마침내 '?'를 속 시원하게 해결한 '!'의 발산, 이 얼마나 감동적인가.

이와 같은 '?'와 '!'의 어우러짐이 '생각의 빅뱅(‽)'이다. 이 '‽' 기호는 1962년 미국의 '마틴 스펙터'가 광고부문에 처음 사용했으며 그 뒤

아이디어 개발 등에 많은 성과를 주었다.

필자는 이 '생각의 빅뱅(?)'이야말로 글쓰기의 근간이며 그 가치를 드높이는 경이로운 무기라고 감히 단언한다. 왜냐하면 '?'에 깊숙이 젖어들고 빠져들수록 감동적이고 문학적인 좋은 글을 쓸 수 있기 때문이다.

기대심리를 버린다

글쓰기를 취미로 여기는 자세가 필요하다. 쓴 글과 책이 의외로 베스트셀러가 되어 유명해지고 돈이 되는 경우는 매우 드물다. 자기가 쓴 글이 독자들에게 크게 어필이 되어 자신을 알아주리라는 상상을 버려야 한다. 독자들의 반응은 대단히 무디다. 잘 써진 글을 읽고도 '글을 쓰는 사람이라면 당연히 이 정도는 써야지.'라는 선입감을 갖기 때문이다.

어쩌다 읽어주는 뜨내기 독자들은 있어도 고정 독자는 흔치 않다는 것을 명심해야 한다. 아무리 위대한 작가라도 쓸 때마다 불후의 명작이 나오지 않는 이유가 여기에 있다.

독자 자신이 글쓰기 공부를 하여 문단에 등단한 뒤, 글을 모아 책을 만들어 지인 100명에게 보냈다고 가정하자. 과연 얼마나 많은 지인이 관심을 가지고 처음부터 끝까지 읽어볼까? 아마 꼼꼼히 다 읽어보는 지인은 몇 사람에 불과할 것이다. 대부분의 지인은 대충 훑어보고 만다. 심지어 책을 받아보았다는 회신조차 하지 않은 지인도 있을 것이다.

비판을 두려워하지 않는다

자신의 글을 자신 이외의 사람, 즉 독자에게 공개함으로써 비로소 글이라는 존재가치가 생긴다. 아무리 좋은 글을 써도 자신만 읽고 그만인 글이라면 비밀스런 일기에 지나지 않는다. 정상적인 글을 쓴다면 반드시 독자를 염두에 두고 써야 한다.

좋은 글을 쓰기 위해서는 비판적인 독자의 조언이나 충고를 기꺼이 받아들여야 한다. 누구보다도 까다롭고 만족할 줄 모르는 사람의 냉철한 비판이라면 더욱 고마운 일이다.

글을 쓰는 사람은 주관적이다. 객관적 입장인 독자의 쓴소리를 무시하거나 두려워하면 죽은 글이나 마찬가지다.

고통 속에서 보람을 느낀다

글을 쓴다는 것은 귀찮고 골치 아픈 일이라고 생각하는 사람들이 의외로 많다. 왜 그럴까? 사물에 대해 세밀하고 꼼꼼하게 파고드는 감성과 아름답고 멋진 문장을 다듬는 번거로움 때문이다. 이외에도 글쓰기에는 이런저런 고통이 따른다.

글쓰기를 천직으로 여기며 살아가는 이름난 문학가도 글을 쓸 때 항상 사전을 가까이 두고 찾아본다. 독자의 심금을 울리는 좋은 글을 쓰기 위해 수없이 고쳐 쓰는 고통을 겪는다. 고통 끝에 즐거움이 따른다는 말이 있지 않은가. 한 편의 글을 마치면 모든 고통이 말끔히 사라지고 삶의 보람을 진득하게 느낄 수 있다.

나. 글쓰기의 순서

글쓰기는 꼭 특별한 방법이나 일정한 절차를 거쳐야만 잘 써지는 것이 아니다. 글쓰기에 관심과 흥미를 가지고 꾸준히 노력하는 자체가 그 비법이라고 해도 과언이 아니다.

그러나 지금까지 알려진 글쓰기의 접근과정을 이해하면 보다 손쉽게 글쓰기에 다가갈 수 있다. 글쓰기의 과정을 단계별로 살펴보면 다음과 같다.

1) 착상着想

착상이란 아직 외부로 표출되지 않은 초입단계로서 글을 쓰고자 하는 동기나 의미를 말한다. 글을 쓰기 전에 머릿속에 선뜻 떠오르는 어떤 상상想像이 있다면 참으로 좋은 착상이 된다고 할 수 있다.

이런 착상은 글 쓰는 이의 취향이나 관심, 생활환경, 성격이나 학문정도 등에 따라 달라진다. 물론 아무리 좋은 착상이라도 쓰지 않으면 소용없다. '구슬이 서 말이라도 꿰어야 보배'라는 말이 바로 이런 대목에 어울린다.

2) 주제主題와 소재素材 설정

주제는 글의 중심 사상, 곧 글 속에서 나타내고자 하는 의도이자 글의 핵심이다. 한 편의 글은 그것이 길거나 짧거나 관계없이 어떤 주제가 담겨 있다. 글의 내용이 글을 구성하고 있는 실질적인 알맹이라고 한다면 주제는 그 알맹이가 독자들에게 주는 함축된 의미다.

즉 글의 전체적인 내용을 통해 독자의 처지에서 의미를 부여한 이른 바 내용의 이념화 또는 추상화라고 할 수 있다. 예를 들어 「춘향전」의 주제는 '참다운 사랑은 이루어져야 한다.'로 요약할 수 있다.

이러한 주제는 독자들에게 명확히 밝혀지기도 하지만 암시적으로 전달되기도 한다. 한 편의 글을 체계적으로 잘 쓰기위해서는 먼저 주제를 설정하는 것이 중요하다. 주제가 확실해야 쓰고자 하는 의도가 바로 서고 주제에 어울리는 소재를 선택할 수 있다.

주제를 선택할 때 다음 사항을 고려한다.

- 필자가 자신 있게 다룰 수 있을 것
- 독자에게 관심과 흥미를 줄 수 있을 것
- 한 편의 글에는 하나의 주제만 있을 것
- 일정하고 한정적인 범위에 한할 것
- 참신하면서도 선명한 주제일 것

주제가 한 편의 글 배후에 숨어 글을 지배하고 이끌어간다면 소재는 그 주제를 살아 움직이게 하기 위하여 봉사하는 숨은 일꾼이다. 풍부한 소재를 모으는 것은 글쓰기의 좋은 재료가 된다는 의미다.

일반적인 글쓰기, 특히 수필의 소재는 사물에 대한 통찰력만 가지면 우리 생활주변에서 얼마든지 얻을 수 있다. 길거리에 나뒹구는 휴지 한 조각에서도 어떤 느낌이나 감정이 깃들면 소중한 소재가 될 수 있다. 우리가 글을 쓴다는 것은 따지고 보면 주변의 평범한 일상에서 비범한 진리를 발견해 내는 일이다.

삶에 대한 보람을 추구하고 사물에 대한 애정을 느끼는 사람은 글의 소재를 언제 어디서든 풍부하게 얻을 수 있다. 우리가 단순하게 보고 들은 것이라도 신선한 발상을 가미하면 좋은 소재가 될 수 있다.

소재는 아무리 풍부하고 다양하더라도 주제와 관련이 있어야 한다. 독자가 무엇을 의도하는 글인지 도무지 알 수 없는 글이라면 소재의 나열에 그친 잡동사니에 지나지 않는다.

3) 초고 쓰기

주제와 소재가 갖추어져 무엇을 쓰느냐가 결정되었다. 글을 전문적으로 쓰는 달필가라면 소재를 구체적으로 묘사하고 적절한 문장 배열만으로도 초고를 쉽게 마칠 수 있을 것이다. 여기서 팁을 주자면 일반적으로 다음과 같은 순서를 따르는 것이 좋다.

① 글의 구상

어떤 순서로 줄거리를 짜고 그 줄거리에 어떤 내용을 포함시켜야 할지 대략적인 기술을 한다. 마치 화가가 본격적으로 그림을 그리기 전에 그림의 윤곽을 잡는 스케치와 것은 것이다. 구상은 글의 전체 윤곽이 한눈에 선뜻 들어올 수 있도록 간결한 문체로 한 쪽 분량 정도로 하는 것이 좋다.

구상은 일기와 같이 일의 발생과 진행 순서에 따르는 시간적 경과법, 논설문과 같이 원인과 결과에 따르는 논리적 전개법 등이 있다. 일반적으로 초보자는 시간적 경과에 따라 쓰는 것이 수월하다. 그러나 문장 구성법은 글의 내용과 글쓴이의 취향에 따라 다르고 특히 수필에서는 특별한 원칙이 없다.

② 글의 묘사

미술이 형체에 의해서 전달되고 음악이 성음에 의해서 전달되는 것처럼 문학은 감성이 문자로 바뀌어 전달된다. 앞의 '① 글의 구상'에 따라 문자로 잘 묘사하고 정리하는 일이 본격적인 글쓰기이다.

글의 묘사는 독자에게 그 내용을 진솔하고 명확하게 잘 전달하는 것이 우선이다. 그 다음에 독자에게 정감을 주고 감동을 자아낼 수 있도록 아름답게 표현하는 수사가 필요하다. 지나치게 미사여구를 사용하여 화려하게 장식하려는 글은 오히려 본래의 내용이 흐려져 독자가 외면하게 만든다.

따지고 보면 글쓰기가 그리 대단한 것은 아니다. 독자에게 하고 싶은 말을 문자로 논리정연하게 표현하면 되기 때문이다. 그런데 논리정연하게 말을 잘하는 사람이 의외로 글쓰기를 두려워하고 선뜻 나서지 못하는 경우가 있다. 그냥 입으로 표현하면 되는 일을 굳이 글로 귀찮게 쓸 필요가 없어서일까?

아무튼 주위에서 글쓰기에 열성인 사람들의 면면을 보면 대개 말

수가 적고 말을 잘 못하는 사람들이 많다. 말로 다 표현 못하는 자신의 내면의 세계를 글로 차분히 표현하려는 열성이 있어서일까?

초고는 완성된 글이 아니다. 초고는 가급적이면 지체하지 않고 단시일 내에 쓰는 것이 좋다. 말하는 식으로 자유롭게 쓰고 내용전달에 치중한다. 문법이 틀리고 문맥이나 문장이 어색하여도 그냥 스쳐간다. 일단 초고를 완성했다는 보람을 느끼고 글쓰기에 자신감을 갖도록 하는 것이 중요하다.

4) 퇴고

초고는 글쓰기의 절반에 불과하다. 나머지 글쓰기의 절반은 퇴고가 차지한다. 퇴고는 내용 중심으로 쓴 초고를 좋은 글이 되도록 반복하여 고쳐 쓰는 과정이다. 대장간에서 명품연장을 만들기 위해 쇠붙이를 수없이 담금질하고 두들기는 일과 같다.

아무리 유명한 작가의 글이라도 완벽한 글은 없다. 1954년 노벨문학상을 수상한 미국작가 헤밍웨이는 『노인과 바다』를 200번 넘게 고쳐 쓰고도 마음이 놓이지 않았다고 한다. 지금처럼 컴퓨터의 도움도 없이 오직 원고지에 그토록 퇴고를 했다는 사실은 그야말로 상상을 초월한 노력이다.

이처럼 중요하고 신경을 써야 하는 퇴고를 어떻게 하면 잘할 수 있을까? 글쓴이의 취향이나 개성에 따라 다르겠지만 그 효율적인 접근방법을 살펴보기로 한다.

〈퇴고 시의 여건〉

· 어느 매체에서 퇴고할 것인가

전처럼 원고지에 쓸 경우는 원고지를 보고 퇴고할 수밖에 없다. 그러나 오늘날과 같이 컴퓨터의 도움으로 글을 쓸 경우는 다르다.

일단 원고를 출력하여 인쇄용지 상에서 하는 것이 좋다. 언제 어디서나 원고를 편하게 소지할 수 있고, 아무래도 화면보다 익숙하고 글을 보는 시야가 넓어 읽고 고치기가 편하기 때문이다. 얼마 전 한 TV 방송에서 학생들을 대상으로 시험답안 작성을 화면과 인쇄용지 상에서 테스트 한 결과, 인쇄용지가 3배 빠르고 그 정확도도 30% 높다는 연구결과를 시청한 적이 있다.

언뜻 번거롭고 비능률적으로 보이나 글쓰기에서는 특히 인쇄용지 상에서 수기로 자유롭게 고쳐 쓰고 그 결과를 컴퓨터에 입력하면 퇴고를 연이어 한 번 더하는 효과가 있다.

필자는 글을 쓰는 동안 인쇄 원고를 항상 지니고 다닌다. 전철이나 버스를 타는 등의 자투리 시간에 꺼내어 읽고 수정하는 여유로움도 맛보고 따분하고 무료한 시간을 알차게 보낼 수 있다.

어디 그뿐인가. 연필이나 볼펜 등의 필기구를 잡은 손끝을 요리조리 정밀하게 움직여 나만의 개성 있는 글자모양으로 쓰는 멋도 있고 손놀림 효과도 크다. 컴퓨터 자판을 그저 누르기만하는 화면에서보다 여러모로 낫다.

· 퇴고의 간격을 얼마나 둘 것인가

초고를 마친 뒤 퇴고는 수차례 반복해야 한다. 그런데 그 간격, 시간차를 어느 정도로 두는 것이 좋을까? 짧게는 하루 이상, 길게는 일주일 이내가 좋다. 하루 이내로 짧으면 글을 쓸 때 얽매였던 주관적인 감정이 남아 있을 수 있기 때문이다. 반면 일주일 이상 길면 연관성이 떨어지고 관심이 적어질 수 있다.

새롭고 객관적인 마음가짐으로 차분히 검토할 수 있는 여유를 가져야한다. 친구에게 가볍게 쓴 편지도 그 다음 날 읽어보면 어색했던 경험을 누구나 해 보았을 것이다. 하물며 불특정 다수를 대상으로 쓴 글은 어떠하겠는가.

필자는 초고를 인쇄하여 책상 서랍 깊숙한 곳에 일주일간 간직해 두었다가 퇴고를 한다. 종이쪽지 상의 내용자체가 전혀 달라진 게 없지만 초고를 쓰고 난 후의 분위기나 감정이 성숙해진다. 그리하여 무심코 썼던 초고의 내용에 이런저런 문제점을 발견하게 된다. 심지어 '내가 왜 이런 단어와 문장을 썼지?' 하고 의아스러울 때도 있다. 이러한 현상을 초고의 숙성이라 한다.

· 퇴고의 정점은 어느 선인가

좋은 글이 되도록 마냥 퇴고에 매달릴 수만은 없다. 글쓰기에는 정도가 없고 정답이 없기 때문에 어느 선에서는 퇴고를 마무리해야 한다. 그렇다면 그 정점은 어느 선일까? 매우 상식적인 이야기이지만 자기가 쓴 글에 만족감을 느낄 때다.

필자의 경우 한 편의 수필(A4용지 3매 분량)의 퇴고 과정에 보통 열 번 정도의 수정 · 보완을 반복한다. 초기에는 수정 · 보완할 부분이 많지만 거듭될수록 점점 적어지고 글도 좋아진다. 더 이상 손댈 데가 없고 '이 정도면 잘 쓴 글이다!'란 느낌이 들 때 곧바로 퇴고를 마친다. 다소 미련이 남지만 과감히 버린다.

· 퇴고의 시한은 언제인가

글쓰기 대가들은 원고청탁을 받으면 시한이 정해진다. 이때 정해진 시한, 즉 원고 마감일은 지켜야 한다. 뒤늦게 아무리 좋은 글을 내밀어 보았자 그 글은 이미 버스가 떠난 뒤로 용도 폐기된 것이다.

이 같은 시한은 글쓰기 대가들만 있는 것이 아니다. 초보자들도 퇴고의 시한이 있다. 이때 적절하게 시한을 두는 것이 좋은데, 수필의 경우 한 편의 글에 한 달 이상을 넘기지 않도록 한다. 자칫 오랫동안 한 주제에 매달려 질질 끌게 되면 흥미와 관심 밖으로 밀려나 결실을 보지 못할 수도 있기 때문이다.

〈퇴고의 순서〉

앞에서 살펴본 〈퇴고 시의 여건〉은 형식적인 면이 없지 않다. 하지만 여기서는 퇴고의 내용 즉 알맹이를 정제하는 방법을 단계적으로 제시한다.

먼저 독자에게 전달하고자 하는 이야기 즉, 주제에 호응하는 내용이 잘 담겨있는지 검토한다. 그 다음에 바르고 아름다운 글이 되도록 문장 형식을 살펴본다. 더불어 글의 객관성 확보를 위해 가급적 제삼자의 검토가 필요하다.

퇴고의 단계별 검토와 세부 수정 · 보완 사항은 다음과 같다.

①단계 : 주제에 부응하는 내용 검토

독자에게 전달하고자 하는 이야기 즉, 주제에 호응하는 내용이 잘 담겨있는지 다음 사항별로 살펴본다.

· 충분한 내용의 확보

주제를 만족시킬 만한 소재들이 한 편의 글 속에 충분히 담기도록 한다. 이를 위해 부족한 소재나 내용이 있으면 추가한다. 내용이 주관적이고 편견에 치우쳐 있으면 객관화와 일반화로 순화시킨다. 내용이 애매하고 대략적이면 명확하고 구체성 있게 보완한다.

초고는 내용이 부족한 것보다 풍부하고 다양하며 구체성이 있는 편이 좋다. 음식은 넉넉하게 장만하면 시간도 낭비되고 먹고 남아 버리기도 아깝다. 그러나 글쓰기는 다르다. 충분한 글감의 장만은 글쓰기 공부가 되고 언젠가는 그 가치를 인정받는다.

· 불필요한 내용의 절제

충분히 기술된 구체적인 글은 그 완성도가 높다. 그러나 보다 간결하고 알짜 내용만이 독자에게 전달이 용이하고 흥미와 감동을 줄 수 있다. 무엇보다 주제와 관련성이 적은 내용은 과감하게 삭제하고 지나치게 상세한 설명은 간결하게 한다. 많은 자료와 정보를 수집하여 애써 쓴 글은 매우 애착이 간다. 한 문장은 물론 한 단어라도 삭제하기가 아까워 망설여진다. 그러나 글의 질을 높이기 위해서는 적절히 절제할 줄 알아야 한다. 적절한 절제력도 글쓴이의 능력이다.

· 유사 · 중복 내용의 조정

지금까지의 퇴고 과정을 통해 전반적인 내용보완이 이루어진다. 그러나 글의 전문을 자세히 살펴보면 일부 문장 중에 유사 · 중복 내용이나 같은 단어들이 숨어 있는 경우가 있다.

유사 · 중복 내용은 글을 산만하게 하고 매끄럽지 못하게 한다. 때문에 관련 단어나 내용을 잘 살펴 글의 본질에 부응하는 내용으로 일원화시키는 과정이 필요하다. 글의 조화로운 조정 즉 하모니가 필요한 것이다.

또한 글에 같은 단어가 자주 나타나면 아무리 좋은 내용이라도 글의 품격과 참신성이 떨어진다. 글의 키가 되는 핵심단어라도 글 중에 10개 이상 같은 단어가 눈에 띄지 않도록 한다. 한 문장 내에서는 강조하는 등 꼭 필요한 경우를 제외하고 같은 단어를 쓰지 않는 것이 좋다.

글을 쓰다 보면 앞뒤 문장 간의 원만한 연결을 위해 같은 단어를 쓸 필요가 있다. 그러한 경우라도 가급적 동일한 단어를 피하고 그 뜻을 잘 살리는 유사 단어를 찾아 쓰는 노력이 필요하다. 그러면 어휘력도 늘고 글쓰기의 실력도 나아진다.

· 적절한 제목의 선정

일반적으로 독자들은 글의 간판격인 제목을 보고 글을 읽을 것인지 말 것인지 결정하는 경향이 있다. 그만큼 적절한 제목을 생각해 내는 일이 중요하다는 뜻이다.

그렇다면 어떤 제목이 좋은가? 제목만 보아도 글의 내용을 어느 정도 감지할 수 있고, 특색이 뚜렷하며, 간결한 것이 좋다. 게다가 흥미로운 사실이나 재미있는 표현을 가미한 제목이라면 더할 나위 없다.

막상 글을 쓸 때에는 마음에 드는 제목이 쉽사리 떠오르지 않는다. 글을 쓰면서도 남의 좋은 글을 읽고 감상하면 제목에 대한 안목이 생기게 된다. 이 책의 제2장 「4. 명수필가의 작품」을 감상하면서 제목의 영향이 얼마나 큰지를 알게 되는 계기가 되었으면 한다.

제목을 확정하는 시기는 글쓴이의 취향에 따라 다르다. 글을 쓰기 전에 주제와 같이 정하기도 하고, 글을 쓰고 난 후 퇴고하는 과정에서 맨 마지막으로 설정하거나 보완하기도 한다.

②단계 : 문장 형식의 검토

바르고 아름다운 글이 되도록 문장 형식을 중심으로 살펴보는 단계다.

· 오자 · 탈자의 교정

필자가 2010년 12월 23일자, 어느 일간신문 기사를 보던 중, '가족무보고'란 탈자를 발견했다. '여성가족부 업무보고'를 지나치게 줄여서 표현하다가 실수로 그리된 것 같다.

여성가족부가 대통령에게 보고한 새해 업무내용을 정리한 기사 일부에서 이렇게 어이없는 실수를 한 것이다. 국민의 관심도가 높고 더구나 두 명의 기자가 공동 취재한 기사임에도 심각한 오류를 발견하지 못하고 세상에 공개하고 말았다.

실제로 글을 쓰다 보면 불과 한 쪽 분량 밖에 안 되는 글이지만 오자와 탈자가 여러 군데 발생한다. 수차례 읽고 또 읽어 분명 다 고쳐졌다고 생각한 글에서도 독자들의 눈에는 오류가 선명하게 잘 보인다.

물론 출판사에 원고를 넘기면 오자와 탈자 정도는 교정을 본다. 그래도 한 권의 책 속에는 오자나 탈자가 남아 있다. 마치 문자들이 글 속에서 숨바꼭질 놀이를 하다 나타난 것처럼.

· 단어나 문장 사용의 적절성 여부

문장 내에서뿐만 아니라 글 전체를 좀 더 신선하고 아름답게 표현할 수 있는 단어는 없는가? 마음에 들지 않는 단어가 있다면 글에 어울리는 좋은 단어로 대체해야 한다. 특히 저속어나 주관적인 감정이 개입된 단어가 사용되지 않았는지 유념해야 한다. 좋은 내용을 적절한 단어로 잘 표현하는 것이야말로 글쓴이의 사명이다.

마음에 드는 단어나 문장이 선뜻 떠오르지 않아 몇 날 며칠을 고심

하는 경우도 있다. 이때 자기만의 용어집을 만들어 관리하면 큰 도움이 된다. 앞에서도 언급했지만 이 책의 제3장「글쓰기에 유용한 용어 모음」을 퇴고 시에 참고 자료로 활용하면 많은 도움이 될 것이다.

· 문맥과 리듬의 조화 여부

글의 전후 문장 연결이 조화롭게 이루어져 있는가? 수사나 강조 관계로 글의 리듬이 깨지고 자연스럽지 못한가? 등을 살펴본다. 이때 글을 분위기 있게 소리 내어 읽어가면서 확인하는 것이 좋다. 자신이 쓴 글임에도 시끄럽고 귀찮다고 여겨 소리 내어 읽기를 꺼리는 사람도 있다.

그러나 문맥과 리듬의 조화를 잘 간파하기 위해서는 반드시 필요하다. 글의 흐름에 따라 문장 간의 동일성 · 통일성을 고려하여 단어나 문장 그리고 문단을 재배치해야 한다.

③단계 : 제삼자의 객관적 검토

다른 일과 마찬가지로 글을 쓸 때에도 타인의 도움을 받으면 진전이 있다. 무엇보다 자신의 글을 객관적이고 공감적인 글로 승화시키는 계기가 될 수 있다. 때문에 가급적이면 자신의 글을 주위 사람들에게 공개하고 적극적으로 평가받는 노력이 필요하다.

글쓰기 연구회 모임 등에서 발표하고 평가를 받거나, 자신보다 글을 잘 쓰는 사람에게 부탁하여 검토받으면 더욱 좋다. 자신의 글 솜씨를 한껏 높이고 독자 곁으로 다가가는 좋은 글을 쓰기 위해서는 다소의 번거로움이나 부담은 감수해야 한다.

다. 글쓰기의 사례

지금까지 글쓰기의 대상으로 수필이 무난하다는 것을 이해했을 것이다. 글쓰기의 확실한 지름길은 글을 직접 쓰는 노력, 즉 실습이다. 여기서는 필자가 쓴 2편의 수필을 사례를 들어 습작에 대한 이해를 높이고자 한다.

먼저 「대선大選 예감」이라는 짧은 글을 가볍게 살펴보도록 하자.

〈사례 1. 대선大選 예감〉

대선大選 예감

2년 전부터 고즈넉한 농촌생활을 하고 있다. 밭에 뿌린 씨앗이 풋풋하게 자라면 절로 생기가 돋고, 무르익은 열매를 곁들여 차린 밥상은 보기만 해도 맛깔스럽다. 아침에는 새들의 지저귐이 기상나팔이요, 저녁에는 개구리 울음소리가 자장가가 된다. 온종일 나의 오감이 대자연과 소통하니 심신이 그렇게 편안할 수가 없다.

겨울철 농한기를 맞아 다시 도시생활로 접어들었다. 2012년 12월초부터 대선大選의 열기가 대단하다. 각종 방송매체가 온통 대선에 매달린다. 최근에 문을 연 종편 방송들은 경쟁하듯 연일 대선보도로 홍수를 이룬다. 도시에서는 한갓 어성꾼인 나다. 대선의 판세가 궁금하여 온종일 집안에서 TV방송에 주목한다.

결전의 날이 가까워질수록 묻지 마 선심성 공약이며 상호비방이 난무한다. 토론장에는 옹호하고 방어하는 논객들의 논쟁으로 살벌하다. 유세장에는 수만의 군중이 '광화문대첩'이라는 섬뜩한 구호를 외치며 결전을 다짐한다. 광화문의 위용인 세종대왕과 이순신 장군을 무색케 한다. 그야말로 아수라장 그대로의 선거판이다.

농촌에서의 한가롭고 편안했던 마음이 답답하고 짜증 난다. 금세 이전의 혼탁한 도시생활 모습인 나 자신을 발견한다. 도시로 회귀한 지 딱 일주일 만인 11일(D-8)부터 대선의 열기로 나를 혼란스럽게 만든 TV를 멀리했다. 그러나 나는 이때 어느 편이 이길 것이라는 것을 내심 감지하고 있었다. 한갓 민초에 불과한 지극히 순박한 예감으로.

대통령은 당연히 국가와 민족을 위해 훌륭한 정책을 구상하고 그 실천을 위해 헌신하는 사람이 되어야 한다. 하지만 지금의 혼탁하고 살벌하고 전쟁을 방불케 하는 상황에서 판단하기란 어렵다.

그렇다고 인물이 좋고 토론을 잘하는 사람을 점찍을 수도 없다.

나의 예감의 본질은 단순하다. 각종 선거방송 매체를 통해 정리되었다. 당직자들, 지지자들, 지원세력과 평론가들의 면면을 유심히 살펴보는 중에 시나브로 인지하게 되었다. 양 진영의 표정과 태도 그리고 발언 내용을 나름대로 분석한 결과 보다 부드러운 쪽에 호감이 갔다.

그런 뒤 14일(D-5), 옛 직장동료의 송년 모임에서 교수출신 L의 이야기에 고무되었다. 미국 프린스턴 대학 심리학과의 연구논문이란다. 학생들에게 타 지역 하원의원 후보자들의 인물사진을 무작위로 배열해 놓고 어떤 사람이 당선될 것인가를 물었다. 그 결과 학생들은 이미지가 부드럽고 용모가 단정한 사람을 택했고, 실제 그런 사람이 많이 당선되었다고 했다.

그는 또 우리 동석자에게 내친김에 신중하게 물었다. '과연 몇 %나 당선 되었을까?' 나는 이미 내가 분석한 대선 판국의 호감점수를 %로 바꾸어 묻기가 무섭게 '75%'라고 답했다. 정답 73%를 정확히 맞추지는 못했지만 참석자들은 나의 예단에 감탄했다.

하지만 나는 이번 대선을 지켜보며 지극히 평범한 답을 얻은 것이다. 그게 우연의 일치인지 모르지만 나는 나의 예감에 더욱 자신감을 갖게 되었다. 우리보다 자유분방한 미국에서 그것도 젊은 학생들의 판단이 나의 예감과 일치한 것이다. 예측불가의 초박빙이라고 온통 난리지만 나의 예감은 조금도 흔들리지 않았다.

아무리 자유롭고 개성이 강한 시대의 대선이라지만 국민의 심판을 정중하게 받아야 한다. 대선이라는 국가대사 무대를 마치 싸구려 연극 무대처럼 가볍게 보아서는 안 된다. 국민은 그나마 조용하고 부드러운 쪽의 손을 들어 줄 것이다.

- 2012년 15일, 대선을 4일 앞두고

수필의 본질은 우리의 일상에서 삶의 체험을 오감으로 감지하고 그 감정을 진솔하게 표현하는 것이다. 이 「대선 예감」 역시 필자가 대선기간 중, 각종 매스컴을 통해 감지하고 느낀 소감을 글로 나타낸 것이다. 우리 국민이라면 누구나 이번 대선을 관심 있게 지켜 바라보았을 것이며, 바라본 소회도 남달랐을 것이다. 필자는 그 소회를 글로 피력한 것뿐이다.

무엇보다 이런 민감한 글에는 객관성이 있어야 한다. 만약 필자가 대 놓고 어느 편을 지지했다면 독자의 빈축을 살 뿐 아니라 수필로써 온당치 못하다. 또한 글의 신빙성을 높이는 소재 즉 알짜 내용이 담겨야 한다. 그 대목으로 '프린스턴 대학의 연구결과'를 가볍게 인용하여 독자의 공감을 사려 애쓴 것이다.

우연의 일치인지 모르지만 14일(D-5), 옛 직장동료의 송년 모임에서 교수출신 L의 이야기를 귀담아듣지 않았다면 이 글은 탄생되지도 공개되지도 않았을 것이다. 나만의 생각을 담은 비밀 문건으로 서랍 속에 처박히고 말았을 것이다.

이 글의 핵심은 세 가지다. 먼저 대선에 깊은 관심을 갖고 느낀 감정을 바탕으로 했다. 여기에 신뢰와 공감을 높이도록 외부의 객관적인 정보를 적절히 담았다. 그 다음에 독자가 읽고 감상하기에 매끄럽고 맛깔스럽도록 부단히 고쳐 쓰는, 이른바 글의 가공을 했다.

어떤 글이라도 이와 같은 맥락에서 쓰면 세상에 태어나도 무난하다고 감히 단언한다.

〈사례2. 건배사〉

이 사례에서는 앞서의 '나. 글쓰기의 순서'에 따라 글을 써 나가는 과정을 습작하는 자세로 상세히 점검한다. 《한국수필(2011년 3월호, 125쪽)》에 게재된 필자의 「건배사」를 사례로 들어 살펴보기로 한다.

1) 착상着想

2010년도 송년회와 2011년 신년하례 모임에 참석하면서 나는 유난히 건배사에 관심이 쏠렸다. 특히 모임의 회장격인 분의 건배사가 나의 마음을 자극했다. 어느새 직장에서 정년퇴직하고 60세 중반에 들어선 나 자신, 아직은 노인이 아니라고 애써 보지만 그때의 그 건배사는 내가 노인임을 실감시켜 주었다.

문득 우리의 주변에서 유행처럼 번지는 건배사들이 떠올랐다. 언제 누가 만들어낸 것인지도 모르는, 삼행시 같기도 하고, 축약어 같기도 한 수많은 건배사가 쏟아져 나왔다. 이들 건배사가 모임의 분위기에 맞게 잘 쓰이는지 살펴보고 싶었다.

생활주변의 글감은 잘 다루지 못하면 신변잡기로 전락할 우려가 있다. 그러나 글쓰기의 초보자일수록 몸소 보고 느껴 친숙해진 삶의 현장에서 착상을 얻고 글감을 찾아 쓰는 것이 좋다.

2) 주제主題와 소재素材의 설정

이 글의 주제는 '분위기에 어울리는 건배사를 하자.'이다. 모임의 분위기 파악도 제대로 하지 않고, 남이 해서 흥미롭게 보여 그저 따라하는 식의 형식적인 건배사는 자제하자는 의미가 담겨 있다.

이 글의 소재는 제목(건배사)이 나타내듯 우리 주위에서 유행처럼 번지고 있는 이런저런 건배사가 중심이 된다. 여기에 필자가 평소에 생각했던 건배사에 대한 견해를 가미한 것이다.

글에 따라 주제가 글의 제목과 같거나 비슷한 경우도 있지만, 제목과 다르게 글 속에 암시적으로 존재하기도 한다. 글의 내용에 따라 글쓴이가 판단하고 결정할 문제다.

「건배사」의 소재는 처음부터 다 간추려져 설정된 것이 아니다. 글을 쓰다 보면 연관되거나 파생되어 좋은 소재가 불현듯 떠오르기도 한다. 그래도 부족한 부분은 인터넷의 정보검색이나 책자 등 관련 자료를 통해 추가하고 보완하는 노력이 필요하다.

이 글의 경우, 별다른 정보나 자료 없이 필자가 최근에 메모해 둔 건배사 관련 이야기를 주요 소재로 삼았다. 소재는 소재별 대표성이 있는 타이틀을 정하고 그 아래에 간략히 메모하는 것이 좋다. 또한 소재에 포함된 날짜나 장소 등도 신빙성을 위해 필요할 때가 있으므로 가능한 한 메모해두도록 한다.

본 글의 제목인 「건배사」로 메모해 놓은 소재 내용은 다음과 같다.

〈송년과 신년 하례 모임에서 인상 깊었던 회장의 건배사 내용〉

2010년 12월 21일, 옛 직장 퇴직자 송년회 모임에서 회장의 건배사 '빠삐따(나이 들수록 모임에 빠지지 말고, 삐지거나 따지지 말자) 인용. 나이 든 사람들의 모임에서 잘 나타나는 모습을 꼬집은 것으로 흥미롭게 느낌.

2011년 1월 7일, 필자의 직장 퇴직자 신년 모임에서 회장의 건배사 '4가지 셈법' 인용. 나이 들수록 '건강은 덧셈', '나이는 뺄셈', '재산은 곱셈', '웃음은 나눗셈'으로 인식하며 살아가자. 나이 든 사람에게 활력과 희망을 주며 구호자체도 알기 쉬어 마음에 들었음.

〈주위에서 들었거나 유행처럼 번져 잘 알려진 건배사의 유형〉

· 고사리(고마워요, 사랑해요, 이해해요) : TV 연속극에서 가족 생일 파티에서 본 장면
· 당나귀(당신과 나의 귀한 만남을 위하여)
· 변사또(변치 말고 사랑하고 또 사랑합시다)

· 사이다(사랑합니다. 이 마음 다하도록)

· 보자기(보면 볼수록 자주 보고 싶고 기쁨을 줍니다)

· 우아미(우아하고 아름다운 미래를 위하여)

· 진달래(진하고 달콤한 내일을 위하여)

· 원더걸스(원하는 만큼 더도 말고 덜도 말고 걸러서 스스로 마시자)

· 재건축(재미나고 건강하게 축복받으며 살자)

· 머시기(머뭇거리지 말고, 시치미 떼지 말고, 기뻐하자)와 거시기(거절하지 말고, 시기하지 말고, 기뻐하자)는 한 쌍으로 외침.

· 오바마(오빠, 바라만 보지 말고 마음대로 해) : 2010년 남북 이산가족 모임에서 주최측의 한 간부가 분위기 파악도 못하고, 어이없게 하여 개망신을 당하고 자리에서 물러난 사건

〈건배사에 대한 견해〉

삼행시나 함축어 같은 뜻풀이 식 건배사 구호는 형식적이고 실속이 없어 보임. 모임의 성격과 분위기에 걸맞은 스토리(이야기)를 간명하게 전개하고, 그 속에서 의미 있는 축약된 구호를 이끌어 내는 건배사가 좋다고 여김. 자기만의 에피소드를 살리면 자신만의 브랜드같이 인상 깊은 건배사가 될 수 있음.

건배사도 경우에 따라 경중이 있음. 친구의 승진 등 축하 모임은 '축하 한다' 등의 한마디 외침으로도 분위기가 살아남. 그러나 직장에서 곤경에 빠진 친구에게는 용기와 희망을 불어넣는 이야기 속에서 자연스레 그럴듯한 건배제의가 나와야 함(적당한 예시 필요). 간혹 나에

게 건배제의가 주어지면 모임이 이대로 오래오래 지속되기를 바라는 마음에서 '이대로'를, 나를 배려해주는 모임에서는 고맙다는 표시로 '고맙습니다.'를 주로 씀.

<노래교실에서 강사가 건배사와 같은 외침으로 분위기를 살린 의미>

· 강의 시작 전에 매번 '당신 멋져(당당하게, 신 나게, 멋지게, 져주며 살자)'를 외치게 함 : 서로 마주보고 웃는 모습으로 오른 손 엄지손가락을 힘껏 내 보이며 '당신 멋져!'라고 외치면 분위기가 금세 좋아지는 것을 느꼈음.

· '미고사'를 외치게 하고는 '미고사'라는 노래를 가르침 : 노래(가수 소명)의 제목인데 가사에 '미안해, 고마워, 사랑해'라고 풀이 됨.

· 오른손의 엄지와 지지, 새끼손가락을 곧게 펴 보이며 교육생들을 향해 건배제의처럼 '너나잘해!'라고 외치며 따라하게 함. 어이없어 했으나 알고 보니 좋은 의미였음. '너나 나나 잘나가는 한 해를 맞이하자!'라는 의미가 있고, 손의 모습은 '사랑'을 나타내는 수화라고 함.

· 금 중에서 제일 비싼 금이 '지금'이라며 '지금이 최고야'를 외치게 하여 웃고 즐기며 노래하는 분위기를 조성해 나가는 강사가 대견하게 보였음.

3) 초고 쓰기

주제와 소재가 갖추어졌다. 지금부터 다음의 글쓰기 순서에 따라 본격적으로 글쓰기에 들어간다.

① 글의 구상

글을 전문적으로 쓰는 작가 중에는 주제와 소재가 준비되면 별도의 구상 과정을 거치지 않고, 곧바로 구체적인 기술과 묘사를 하여 쉽게 초고를 마칠 수 있다고 한다. 자신만이 이해하고 활용할 수 있는 소재창고에서 필요한 글감을 꺼내어 적재적소에 안배하고 문장을 잘 다듬어 나가는, 이른바 글의 상세 묘사를 하면서 구상도 함께 하는 노련미를 갖춘 것이다.

그러나 대부분의 작가는 나름대로의 구상을 한다. 필자는 한눈에 전체 내용을 일목요연하게 볼 수 있도록 가급적 A4 용지 한 면에 수기로 구상을 한다. 「건배사」의 경우도 메모형식의 소재를 서문, 본문, 종문의 세 파트로 나누어 그 세부 내용을 안배했다. 일단 소재별로 단락을 지어 컴퓨터에 입력하여 본격적인 글쓰기의 토대를 마련하는 데 주안점을 두었다.

본 사례인 「건배사」의 구상은 대체로 시간적 경과법에 따른 것인데 준비된 소재를 보고 느낀 순서대로 전개했다. 소재가 평범하고 또한 최근의 내용으로 정리되어 있어 소재를 그대로 재편성한 것 같은 구상이 되었다.

② 글의 묘사

여기에 보다 더 명확하고 구체적인 내용이 되도록 문장에 살을 붙여 다듬어 나간다. 일단 자신만의 글이요 미완성의 글이다. 문법이 틀리고 문맥이나 문장이 어색한 것은 당연하다.

한 편의 수필(평균 A4 용지 3쪽 분량)은 아무리 구상이 잘된 것이라도 처음부터 끝까지 단숨에 써 내려가기 어렵다. 생각보다 마음에 드는 내용이나 표현이 떠오르지 않을 때는 일주일이고 그 이상 걸릴 수 있다. 오래 끈다고 좋은 글이 되는 것은 아니다. 자칫 관심 밖으로 밀려날 수도 있어서다. 일단 구상이 된 글은 가급적 일주일 이내에 초고를 마치는 것이 좋다.

다음의 글은 「건배사」의 초고를 사례로 제시한 것이다. 이렇게 초고를 마치면 글쓰기의 반타작은 이미 끝난 것이다. 사실 초고라고 하지만 필자가 글을 마무리 할 때까지 3일 동안 몇 차례 반복하여 읽고 보완하였기 때문에 글자 그대로의 완전 초고는 아니다.

건배사(초고)

- 김병규

지난해, 옛 직장 송년 모임에서 '빠삐따'란 건배사가 마음에 들었다. 직장상사였고 모임의 회장격인 분의 건배제의였다. '모임에 빠지지 말고 잘 나오고, 삐지지도 따지지도 말고 잘 어울리자!'

라는 의미라고 했다. 퇴직자들의 모임에 잘 어울리는 건배사였다. 나이 들면 몸이 좀 아프다고 모임에 빠지고, 조금만 섭섭한 말을 듣거나 마음에 들지 않으면 삐지는 경향이 있다. 직장에서 한창 일할 때는 그냥 웃고 넘어갈만한 일인데도 말이다. 직장을 잃어 무기력한 데다 세월의 덧없는 무게를 느껴서 심사가 틀어진 걸까.

신년 하례 모임에서도 그분의 건배사가 있었다. "우리 모임의 평균 나이가 68세입니다. 이렇게 다들 팔팔하니 100살까지 충분히 살 수 있습니다. 나이 들수록 네 가지 셈법대로 살아가야 합니다. '건강은 덧셈, 나이는 뺄셈, 재산은 곱셈, 웃음은 나눗셈'으로 말입니다. 제가 건강하면 '덧셈', 나이하면 '뺄셈', 재산하면 '곱셈', 웃음하면 '나눗셈'이라고 다 같이 외쳐주십시오."

이 얼마나 멋진 건배사인가. 역시 리더십이 있는 분의 건배사는 달랐다. 때와 장소와 분위기를 파악하고 사람들을 일사분란하게 집중시켜 한 방에 폭발이 일어나듯 술잔을 부딪치게 만들었다.

갈수록 이런저런 건배사가 홍수처럼 쏟아지고 있다. 단출한 가족모임에서도 건배사가 자연스레 따른다. 언젠가 어느 TV연속극에서 생일 축하 가족모임의 당사자인 어머니가 '고사리(고마워요, 사랑해요, 이해해요)'라는 건배사를 했다. 그 뒤 이 건배사는 유행처럼 빠르게 확산 되었다.

언제부턴가 이처럼 삼행시인지, 축약어인지, 암호인지, 알다가도 모르는 공식처럼 건배사가 번지고 있다.

· 당나귀 : 당신과 나의 귀한 만남을 위하여!

· 변사또 : 변치 말고 사랑하고 또 사랑합시다.

· 보자기 : 보면 볼수록 자주 보고 싶고 기쁨을 줍니다.

· 사이다 : 사랑합니다. 이 마음 다하도록.

· 우아미 : 우아하고 아름다운 미래를 위하여!

· 원더걸스 : 원하는 만큼 더도 말고 덜도 말고 걸러서 스스로 마시자!

· 재건축 : 재미나고 건강하게 축복받으며 살자!

· 진달래 : 진하고 달콤한 내일을 위하여! 등등.

최근에는 '미고사(미안해, 고마워, 사랑해)라는 노래(가수 소명)도 이런 건배사의 영향을 받아 나왔다고 한다. 어디 그뿐인가 심지어 머시기(머뭇거리지 말고, 시치미 떼지 말고, 기뻐하자)하면, 거시기(거절하지 말고, 시기하지 말고, 기뻐하자)로 능청스럽게 짝을 이룬 건배사도 나왔다.

이런 건배사 중에도 신선하고 공감이 가는 것도 있다. '당신 멋져!(당당하게, 신 나게, 멋지게, 져주며 살자)'가 그렇다. 서로 마주보고 환한 웃음을 머금고 엄지손가락을 힘껏 내보이며 '당신 멋져!'를 외치면, 정말이지 다들 자랑스럽고 멋져 보인다.

그러나 외침에 의미가 없고 삼행시인지 축약어인지 암호인지 몰라 그 의미를 굳이 풀어 주어야만 하는 건배사는 왠지 어설프고 식상한 느낌이 든다. 너무 겉치레가 많고 실속이 없어서다. 모임의 분위기도 모르고 그저 사람의 눈길만 끌려는 형식적인 구호 같다.

그저 웃자고 무턱대고 남이 한대로 짐승인 '당나귀'나 보컬그룹인 '원더걸스' 등에 빗대어 입버릇처럼 외쳐 대서는 공감을 얻을 수 없다. 오히려 모임의 분위기를 가라앉히고 애써 쌓은 품격을 떨어뜨리고 만다.

2010년도 이산가족 모임에서 주최 측의 한 간부가 분위기 파악도 못하고, '오바마(오빠, 바라만 보지 말고 마음대로 해)'라는 실로 어처구니없는 건배사를 했다가 온 매스컴의 지탄을 받았다. 개망신만 톡톡히 당한 게 아니라 하루아침에 높은 벼슬까지 내놓아야 했다. 그만큼 건배사 한마디가 우리에게 약이 되고 독이 되기도 한다.

기왕 건배사를 하려면 모임의 성격과 분위기를 잘 파악하고 그에 걸맞는 이야기를 몇 마디 조리 있게 하고 축약해서 구호로 외치면 된다. 자기만의 에피소드를 분위기에 맞게 잘 다듬어 응용하면 일석삼조의 매력이 있다. 모임의 분위기를 고조시키고 사람들에게 감동을 주고 자신만의 브랜드로 인정을 받을 수 있기 때문이다.

건배사도 경우에 따라 경중이 있다. 같은 친구의 모임이라도 분위기에 따라 확연히 다르다. 승진 등의 축하 분위에서는 '친구야, 축하한다, 고맙다.' 식의 한마디만이라도 분위기가 살아난다. 그러나 직장에서 곤경에 빠진 친구를 위로하는 자리는 다르다. 침통한 분위기를 살리기 위해서는 이야기 속에서 그럴듯한 구호를 뽑아내야한다. 가령 한 친구를 위로하는 자리라고 가정하자.

앞만 보고 열심히 일한 우리 친구 ○○에게 좀 쉬어가라고, 운명의 여신이 잠시 휴가를 주었다고 생각하네. 이제 재충전하는 마음으로 뒤도 돌아보고 건강도 다지고 가족과 함께 여행도 다니게. 더 높고 멀리 뛰어 오르기 위해서 개구리도 몸을 바짝 움츠린다고 하지 않은가. 자, 그런 의미에서 내가 '뛰어오르자'라고 하면 '두 배로'라고 외쳐 주게.

나에게 건배제의의 기회가 주어지면 나는 '이대로' '고맙습니다'를 즐겨 썼다. 내가 주재하는 자리는 우리 좋은 모임이 이대로 오래오래 이어나가기를 바라는 마음에서이고, 나를 배려해주는 자리에서는 고마운 마음을 표시한 것이다.

지난 1월 중순경, 내가 취미삼아 다니는 노래교실에서 강사가 노래를 가르치는 중에 오른손의 엄지와 지지, 새끼손가락을 곧게 펴 보이며 교육생들을 향해 '너나잘해!'하고 외치며 따라하게 했다. 150여 명의 교육생 중에 반쯤은 엉겁결에 따라하고 나를 비롯한 나머지는 어이없는 눈초리로 강사만 바라보았다.

알고 보니 참으로 좋은 건배사였다. '너나나나 잘나가는 한 해를 맞이하자!'라는 숨은 뜻이 있고, 힘껏 내보인 오른손의 모습은 수화의 '사랑'을 나타낸다고 했다. 또 금중에서 제일 비싼 금이 무슨 금인지 아세요? 지금입니다. 한번 지나가면 억만금을 주고도 못 사기 때문입니다. 그런 의미에서 '지금이 최고야!'하고 외칩시다. 그녀는 이처럼 교육생에게 농담도 하며 노래를 재미있게 가르친다.

교육장소라 비록 술잔을 높이 들고 기분 좋게 부딪치지는 못했지만 나는 마치 어느 신년하례식에 참석하는 느낌이 들었다. 어디 건배사가 따로 있는가. 삼행시인지 축약어인지 외쳐대고, 애써 그 뜻을 암호처럼 풀어야 하는 건배사는 당초 마음에 들지 않는다. 어느 모임이건 서로 다정하게 웃고 즐기는 정담이면 그만이지.

4) 퇴고

필자는 일단 초고가 완성되면 홀가분한 느낌이 든다. 그런 기분으로 일주일 정도 글에서 벗어난다. 글에 지나치게 집착하다 보면 객관성을 잃을 수도 있어 마음을 정화시키면서 초고를 숙성시키는 과정에 들어간다. 이 기간 동안 다른 사람들의 좋은 글을 읽기도 하고, 이 책의 제3장 「글쓰기에 유용한 용어 모음」을 참조하기도 한다. 초고에 참고가 될 만한 단어나 문구를 선별하였다가 적절히 활용하기 위해서다.

글은 아무리 잘 쓰려 해도 완벽을 기할 수 없다. 적당한 선에서 마무리해야 한다. 필자는 나름대로 정성을 들여 쓴 글을 가급적 제삼자의 평가를 받는다. 객관적인 좋은 글로 발전하기 위해서는 반드시 필요하다. 본 사례의 글도 문학모임에서 발표하여 회원들의 평가를 받아 여러 곳을 수정하였다. 무언가 어색하고 미련이 남는 부분도 있지만 이 정도로 만족하고 퇴고를 마쳤다.

다음은 퇴고의 과정에서 수정한 초고의 내역을 문단별로 나누어 나타낸 것이다. 수정한 문단 아래쪽에 그 사유를 설명했다. 일일이 자세히 제시한 것은 그만큼 글쓰기에서 퇴고의 비중이 크기 때문이다. 자신의 글처럼 정성껏 살펴보면 반드시 도움이 되리라 확신한다.

건배사(수정)

지난해, 옛 직장 송년 모임에서 '빠삐따'란 건배사가 마음에 들었다. 직장상사였고 모임의 회장격인 분의 건배제의였다. '모임에 빠지지 말고 잘 나오고, 삐지지도 따지지도 말고 잘 어울리자!'라는 의미라고 했다. 퇴직자들의 모임에 잘 어울리는 건배사였다. 나이 들면 몸이 좀 아프다고 모임에 빠지고, 조금만 섭섭한 말을 듣거나 마음에 들지 않으면 삐지는 경향이 있다. 직장에서 한창 일할 때는 그냥 웃고 넘어갈만한 일인데도 말이다. 직장을 잃어 무기력한데 다 세월의 덧없는 무게를 느껴서 심사가 틀어진 걸까.

〈수정 사유〉

· 한 문단이 8줄로 길고 내용도 산만하여 두 문단으로 나눔

· '빠삐따'를 강조하고 관심을 끌기 위해 첫 문장에 위치, '마음에 들다'보다 '생각나다'가 더 여운이 있음

· 그냥 '퇴직자'보다 '나이 든 퇴직자'로 수식하는 것이 현실감이 있고, '잘 어울리는'보다 '그럴싸한'이 문맥상 더 어울려 보임

· 바로 전 문장에 이어 나온 '모임'을 삭제하여 중복을 피하고, '삐지고 따지는'을 바로 연결하여 간결한 문장을 이끌어 냄

· '무게를 느껴서'보다 '무게에 짓눌려'가, 심사가 '틀어진'보다 '삐딱해진'이 강한 인상을 줌

신년 하례 모임에서도 그분의 건배사가 있었다. "우리 모임의 평균 나이가 68세입니다. 이렇게 다들 팔팔하니 100살까지 충분히 살 수 있습니다. 나이 들수록 네 가지 셈법대로 살아가야합니다. '건강은 덧셈, 나이는 뺄셈, 재산은 곱셈, 웃음은 나눗셈'으로 말입니다. 제가 건강하면 '덧셈', 나이하면 '뺄셈', 재산하면 '곱셈', 웃음하면 '나눗셈'이라고 다 같이 외쳐주십시오."

〈수정 사유〉

· 띄어쓰기 오류정정

미림이 담긴

이 얼마나 멋진 건배사인가. 역시 리더십이 있는 분의 건배사는 달랐다. 때와 장소와 분위기를 파악하고 사람들을 일사분란하게

단번에 대중의 호기심을 자극하여

집중시켜 한 방에 폭발이 일어나듯 술잔을 부딪치게 만들었다.

켰다.

는 소리가 마치 고요한 밤하늘에 아름답게 피어오르는 폭죽소리 같았다.

〈수정 사유〉

· 지나치게 내세우는 문구를 삭제하고, '미립이 담긴'으로 보완함

*미립 : 경험을 통하여 얻은 이치나 요령(제3장 용어 모음 184p 참조)

· 산만하고 둔탁한 문장을 두 문장으로 분리하고, 좀 더 우아한 표현으로 대폭 수정함

갈수록 이런 저런 건배사가 홍수처럼 쏟아지고 있다. 단출한 가족모임에서도 건배사가 자연스레 따른다. 언젠가 어느 TV연속극에서 생일 축하 가족모임의 당사자인 어머니가 '고사리(고마워요, 사랑해요, 이해해요)'라는 건배사를 했다. 그 뒤 이 건배사는 유행처럼 빠르게 확산 되었다.

〈수정 사유〉

· 띄어쓰기 오류정정

언제부턴가 이처럼 삼행시인지, 축약어인지, 암호인지, 알다가

도 모르는 공식처럼 건배사가 번지고 있다.

· 당나귀 : 당신과 나의 귀한 만남을 위하여!

· 변사또 : 변치 말고 사랑하고 또 사랑합시다.

· 보자기 : 보면 볼수록 자주 보고 싶고 기쁨을 줍니다.

· 사이다 : 사랑합니다. 이 마음 다하도록.

· 우아미 : 우아하고 아름다운 미래를 위하여!

· 원더걸스 : 원하는 만큼 더도 말고 덜도 말고 걸러서 스스로 마시자!

· 재건축 : 재미나고 건강하게 축복받으며 살자!

· 진달래 : 진하고 달콤한 내일을 위하여! 등등.

〈수정 사유〉

· 비슷한 단어의 연속 표현으로 산만하여 '암호인지'를 삭제함

· 여러 건배사 구호 중 발음하기 좋고 부드러운 이미지를 선별함

최근에는 '미고사(미안해, 고마워, 사랑해)'라는 노래(가수 소명)도 이런 건배사의 영향을 받아 나왔다고 한다. 어디 그뿐인가. 심지어 머시기(머뭇거리지 말고, 시치미 떼지 말고, 기뻐하자)하면, 거시기(거절하지 말고, 시기하지 말고, 기뻐하자)로 능청스럽게 짝을 이룬 건배사도 나왔다.

〈수정 사유〉

· 빠뜨린 구두점(.) 첨가

이런 건배사 중에도 신선하고 공감이 가는 것도 있다. '당신 멋져!(당당하게, 신 나게, 멋지게, 져주며 살자)'가 그렇다. 서로 마주보고 환한 웃음을 머금고 엄지손가락을 힘껏 내보이며 '당신 멋져!'를 외치면, 정말이지 다들 ~~자랑스럽~~고 멋져 보인다.

당당하

〈수정 사유〉

· '자랑스럽다'보다 '당당하다'가 '당신 멋져!'라는 건배사 분위기에 어울림

그러나 외침에 의미가 없고 삼행시인지 축약어인지 암호인지 몰라 그 의미를 굳이 풀어 주아야만 하는 건배사는 왠지 어설프고 식상한 느낌이 든다. 너무 겉치레가 많고 실속이 없어서다. 모임의 분위기도 모르고 그저 사람의 눈길만 끌려는 형식적인 구호 같다.

〈수정 사유〉

· 비슷한 단어들의 연속으로 산만하여 삭제하고 '암호처럼'을 추가함

· '어설프고'보다 '건다짐 같고'가 더 구체적이고 문맥상 어울림

*건다짐 : 속뜻 없이 겉으로만 하는 다짐

· '너무'는 '일정한 정도에 지나치게'란 부정적인 뜻이고, 문맥상 과잉 수식으로 삭제함(제2장 세련된 문장 만들기 145p 참조)

그저 웃자고 무턱대고 남이 한대로 짐승인 '당나귀'나 보컬그룹인 '원더걸스' 등에 빗대어 입버릇처럼 외쳐 대서는 공감을 얻을 수 없다. 오히려 모임의 분위기를 가라앉히고 애써 쌓은 품격을 떨어뜨리고 만다.

〈수정 사유〉

· '그저 웃자고'는 바로 앞 문장의 '그저 사람의 눈길만 끌려는'과 어감이 비슷하고 산만하여 삭제함
· 비유 문구를 부드럽게 재배치하고, '짐승'보다 순화된 표현인 '동물'로 대치함

2010년도 이산가족 모임에서 주최 측의 한 간부가 분위기 파악도 못하고, '오바마(오빠, 바라만 보지 말고 마음대로 해)'라는 실로 어처구니없는 건배사를 했다가 온 매스컴의 지탄을 받았다. 개망신만 톡톡히 당한 게 아니라 하루아침에 높은 벼슬까지 내놓아야 했다. 그만큼 건배사 한마디가 우리에게 약이 되고 독이 되기도 한다.

〈수정 사유〉

· '분위기 파악도 못하고'는 바로 뒤의 '어처구니없는'과 유사 맥락으로 간결한 문장이 되도록 삭제함
· '개망신'은 저속어임으로 '망신'으로 대치함
· '우리에게'는 삭제하는 것이 간결하고 자연스러움

기왕 건배사를 하려면 모임의 성격과 분위기를 잘 파악하고 그에 걸맞는 이야기를 몇 마디 조리 있게 하고 축약해서 구호로 외치면 된다. 자기만의 에피소드를 분위기에 맞게 잘 다듬어 응용하면 일석삼조의 매력이 있다. 모임의 분위기를 고조시키고 사람들에게 감동을 주고 자신만의 브랜드로 인정을 받을 수 있기 때문이다.

〈수정 사유〉

· '걸맞는'으로 무심코 쓴 것을 '걸맞은'으로 바르게 수정함(제1장 글쓰기의 올바른 단어 90p '알맞은' 예시 참조)

· '분위기에 맞게'는 바로 앞 문장과 유사개념으로 삭제함

· '~수 있기 때문이다'보다 부드러운 '~수 있어서다'로 대치함

건배사도 경우에 따라 경중이 있다. 같은 친구의 모임이라도 분위기에 따라 확연히 다르다. 승진 등의 축하 분위에서는 '친구야, 축하한다, 고맙다.' 식의 한마디만이라도 분위기가 살아난다. 그러나 직장에서 곤경에 빠진 친구를 위로하는 자리는 다르다. 침통한

분위기를 살리기 위해서는 이야기 속에서 그럴듯한 구호를 뽑아

영피게 하는　　　　　활기찬

내야 한다. 가령 한 친구를 위로하는 자리라고 가정하자.

〈수정 사유〉

· 보다 실감나고 활력을 불어 넣기 위해 '영피게 하는'을 추가하고, '그럴듯한' 대신에 '활기찬'으로 대치함

*영피다 : 기운을 내거나 기를 펴다(제3장 용어 모음 195p 참조)

앞만 보고 열심히 일한 우리 친구 ㅇㅇ에게 좀 쉬어가라고, 운명의 여신이 잠시 휴가를 주었다고 생각하네. 이제 재충전하는 마음으로 뒤도 돌아보고 건강도 다지고 가족과 함께 여행도 다니게. 더 높고 멀리 뛰어 오르기 위해서 개구리도 몸을 바짝 움츠린다고 하지 않은가. 자, 그런 의미에서 내가 '뛰어오르자'라고 하면 '두 배

더 높이

로'라고 외쳐 주게.

더 멀리

〈수정 사유〉

· '위해서'보다 '위해'가 좀 더 부드러운 느낌이 들고, '두 배로'보다 '더 높이 더 멀리'가 건배사와 맥락을 이루고 리듬이 있는 구호로 좋아 보임

나에게 건배제의~~의 기회가 주어지면~~ 나는 '이대로' '고맙습니다'를 즐겨 썼다. 내가 주재하는 자리는 우리 좋은 모임이 이대로 오래오래 이어나가기를 바라는 마음에서이고, 나를 배려해주는 자리에서는 고마운 마음을 표시한 것이다.

〈수정 사유〉

· 이따금 오는 기회임으로 '간혹'을 추가하였고, 피동형의 '기회가 주어지면'을 '올 때마다'로 대치함(제2장 세련된 문장 만들기 140p 참조)

지난 1월 중순경, 내가 취미삼아 다니는 노래교실에서 강사가 노래를 가르치는 중에 오른손의 엄지와 지지, 새끼손가락을 곧게 펴 보이며 교육생들을 향해 '너나잘해!'하고 외치며 따라하게 했

다. 150여 명의 교육생 중에 반쯤은 엉겁결에 따라하고 나를 비롯한 나머지는 어이없는 눈초리로 강사만 바라보았다.

〈수정 사유〉

· '지지'를 '검지'로 바르게 수정하고, 문맥이 매끄럽게 연결되도록 '그리고'를 추가함

· 어색한 분위기 전환에 어울리는 표현인 '생뚱맞게도'를 추가함

*생뚱맞다 : 하는 행동이나 말이 상황에 맞지 않고 엉뚱한 데가 있다(제3장 용어모음 203p 참조)

알고 보니 ~~참으로 좋은 건배사였~~다. '너나나나 잘나가는 한 해를 맞이하자!'라는 숨은 뜻이 있고, 힘껏 내보인 오른손의 모습은 수화의 ~~'사랑'을 나타낸다~~고 했다. 또 금중에서 제일 비싼 금이 무슨 금인지 아세요? 지금입니다. 한번 지나가면 억만금을 주고도 못 사기 때문입니다. 그런 의미에서 '지금이 최고야!'하고 외칩시다. 그녀는 이처럼 교육생에게 농담도 하며 노래를 재미있게 가르친다.

썩 괜찮았 / '나는 당신을 사랑합니다.'를 나타내는 / 양 / 라 / " " / 어엿한 그녀의 입담은 이어졌다.

〈수정 사유〉

· '참으로 좋은 건배사'가 과잉 표현 같아 '썩 괜찮다'로, '사랑'을 보다 친근감 있게 '나는 당신을 사랑합니다.'로 대치함

· 문맥의 자연스런 연결과 내용의 내실화를 위해 문장을 추가·보완함

· 띄어쓰기를 정정하고, 빠뜨린 따옴표(" ")를 첨가함

교육장소라 비록 술잔을 높이 들고 기분 좋게 부딪치지는 못했
술자리에서 어 쳐야만
지만 나는 마치 어느 신년하례식에 참석하는 느낌이 들었다. 어디
제 맛이 나는
건배사가 따로 있는가. 삼행시인지 축약어인지 외쳐대고, 애써 그
것은 아닌 것 같다
뜻을 암호처럼 풀어야 하는 건배사는 당초 마음에 들지 않는다. 어
풀 듯 더 아닌 것 같
느 모임이건 서로 다정하게 웃고 즐기는 정담이면 그만이지.
아닐까

〈수정 사유〉

· '교육장소'라는 한정된 분위기를 탈피하고, 글의 주제를 살리면서 잔잔한 여운을 남기도록 종문을 대폭 수정을 함

*일반적으로 다른 문단보다 마지막 문단에서 많은 수정이 따름

다음 글은 앞서의 퇴고를 거쳐 《한국수필(2011. 3)》에 게재된 것이다.

건배사

- 김병규

빠삐따. 지난해, 옛 직장 송년 모임의 건배사가 생각난다. 직장 상사였고 모임의 회장격인 분의 건배제의에서였다. '모임에 빠지지 말고 잘 나오고, 삐지지도 따지지도 말고 잘 어울리자!'라는 의미라고 했다. 나이 든 퇴직자들의 모임에 그럴싸한 건배사였다.

나이 들면 몸이 좀 아프다고 빠지고, 조금만 섭섭히 대해도 삐지고 따지는 경향이 있다. 직장에서 한창 일할 때는 그냥 웃어 넘길만한 일임에도 말이다. 직장을 잃어 무기력한 데다 세월의 덧없는 무게에 짓눌려 심사가 삐딱해진 걸까.

신년 하례 모임에서도 그분의 건배사가 있었다. "우리 모임의 평균 나이가 68세입니다. 이렇게 다들 팔팔하니 100살까지 충분히 살 수 있습니다. 나이 들수록 네 가지 셈법대로 살아가야 합니다. 건강은 덧셈, 나이는 뺄셈, 재산은 곱셈, 웃음은 나눗셈으로 말입니다. 제가 건강 하면 '덧셈', 나이 하면 '뺄셈', 재산 하면 '곱셈', 웃음 하면 '나눗셈'이라고 다 같이 외쳐주십시오."

역시 리더십이 있는 분의 미립이 담긴 건배사는 달랐다. 단번에 대중의 호기심을 자극하여 집중시켰다. 술잔을 부딪치는 소리가 마치 고요한 밤하늘에 아름답게 피어오르는 폭죽소리 같았다.

갈수록 이런저런 건배사가 홍수처럼 쏟아지고 있다. 단출한 가족모임에서도 건배사가 자연스레 따른다. 언젠가 어느 TV연속극에서 생일 축하 가족모임의 당사자인 어머니가 '고사리(고마워요, 사랑해요, 이해해요)'라는 건배사를 했다. 그 뒤 이 건배사는 유행처럼 빠르게 확산되었다.

언제부턴가 이처럼 삼행시인지, 축약어인지 알다가도 모르는 공식처럼 건배사가 번지고 있다.

· 보자기 : 보면 볼수록 자주 보고 싶고 기쁨을 줍니다.

· 사이다 : 사랑합니다. 이 마음 다하도록.

· 우아미 : 우아하고 아름다운 미래를 위하여!

· 진달래 : 진하고 달콤한 내일을 위하여. 등등.

최근에는 '미고사(미안해, 고마워, 사랑해)'라는 노래(가수 소명)도 이런 건배사의 영향을 받아 나왔다고 한다. 어디 그 뿐인가. 심지어 '머시기(머뭇거리지 말고, 시치미 떼지 말고, 기뻐하자)' 하면, '거시기(거절하지 말고, 시기하지 말고, 기뻐하자)'로 능청스럽게 짝을 이룬 건배사도 나왔다.

이런 건배사 중에도 신선하고 공감이 가는 것도 있다. '당신 멋져!(당당하게, 신 나게, 멋지게, 져주며 살자)'가 그렇다. 서로 마주보고 환한 웃음을 머금고 엄지손가락을 힘껏 내보이며 '당신 멋져!'를 외치면, 정말이지 다들 당당하고 멋져 보인다.

그러나 외침의 의미를 암호처럼 굳이 풀어 주어야만 하는 건배사는 왠지 건다짐 같고 식상한 느낌이 든다. 겉치레가 많고 실속이 없어서다. 모임의 분위기도 모르고 그저 사람의 눈길만 끌려는 형식적인 구호 같다.

남이 한다고 무턱대고 '당나귀' 같은 동물이나, '원더걸스' 같은 보컬그룹 등에 빗대어 입버릇처럼 외쳐 대서는 공감을 얻을 수 없다. 오히려 모임의 분위기를 가라앉히고 애써 쌓은 본인의 품격을 떨어뜨리고 만다.

2010년도 이산가족 모임에서 주최 측의 한 간부가 '오바마(오빠, 바라만 보지 말고 마음대로 해)'라는 실로 어처구니없는 건배사를 했다가 온 매스컴의 지탄을 받았다. 망신만 톡톡히 당한 게 아니라 하루아침에 높은 벼슬까지 내놓아야 했다. 그만큼 건배사 한 마디가 약이 되고 독이 되기도 한다.

기왕 건배사를 하려면 모임의 성격과 분위기에 걸맞은 이야기를 몇 마디 조리 있게 하고 축약해서 구호로 외치면 된다. 자기만의 에피소드를 잘 다듬어 응용하면 일석삼조의 매력이 있다. 모임의 분위기를 고조시키고 사람들에게 감동을 주고 자신만의 브랜드로 인정을 받을 수 있어서다.

건배사도 경우에 따라 경중이 있다. 같은 친구지간의 모임이라도 분위기에 따라 확연히 다르다. 승진 등의 축하 분위기에서는 '친구야, 축하한다, 고맙다' 식의 한마디만이라도 분위기가 살아난다. 그러나 직장에서 곤경에 빠진 친구를 위로하는 자리는 다르다. 침통한 분위기를 살리기 위해서는 영피게 하는 이야기 속에서 활기찬 구호를 뽑아내야한다. 가령 친구를 위로하는 건배사라고 가정하자.

앞만 보고 열심히 일한 우리 친구 ㅇㅇ에게 좀 쉬어가라고, 운명의 여신이 잠시 휴가를 주었다고 생각하네. 이제 재충전하는 마음으로 뒤도 돌아보고 건강도 다지고 가족과 함께 즐겁게 여행도 다니게. 더 높고 더 멀리 뛰어오르기 위해 개구리도 몸을 바짝 움츠린다고 하지 않은가. 자, 그런 의미에서 내가 '뛰어오르자'라고 하면 '더 높이 더 멀리!'라고 외쳐 주게.

간혹 나에게 건배제의가 올 때마다 나는 '이대로', '고맙습니다.'를 즐겨 썼다. 내가 주재하는 자리는 우리 모임이 이대로 오래오래 이어나가기를 바라는 마음에서이고, 나를 배려해주는 자리에서는 고마운 마음을 표시한 것이다.

지난 1월 중순 경, 내가 취미삼아 다니는 노래교실에서의 일이다. 강사가 노래를 가르치는 중에 오른손의 엄지와 검지 그리고 새끼손가락을 곧게 펴 보이며 교육생들을 향해 '너나 잘해!' 하고 외치며 생뚱맞게도 따라하게 했다. 150여 명의 교육생 중에 반쯤은 엉겁결에 따라하고, 나를 비롯한 나머지는 어이없는 눈초리로 강사만 바라보았다.

알고 보니 썩 괜찮았다. '너나 나나 잘나가는 한 해를 맞이하자!'라는 숨은 뜻이 있고, 힘껏 내보인 오른손의 모양은 '나는 당신을 사랑합니다.'를 나타내는 수화라고 했다. 어엿한 그녀의 입담은 이어졌다. "금金 중에서 제일 비싼 금이 무슨 금인지 아세요? 지금입니다. 한번 지나가면 억만금을 주고도 못 사기 때문입니다. 그런 의미에서 '지금이 최고야!' 하고 외칩시다." 그녀는 이처럼 교육생에게 활력을 주며 노래를 재미있게 가르친다.

술자리에서 술잔을 높이 들어 부딪쳐야만 제 맛이 나는 건배사가 따로 있는 것은 아닌 것 같다. 삼행시인지 축약어인지 외쳐대고, 애써 그 뜻을 암호 풀듯 풀어야 하는 건배사는 더 아닌 것 같다. 어느 모임이건 서로 다정하게 웃고 즐기는 정담이면 그만이 아닐까.

김병규 : 《한국수필》로 등단, 한국문인·한국수필가협회 회원, 수필집 『망둥이의 춤』 외 2편

글쓰기의 문법

아무리 논리 정연하고 감동적인 글이라도 맞춤법이 틀리거나 띄어쓰기가 잘못된 것이 있으면 품위가 떨어진다. 요즘은 대개 컴퓨터의 자판을 통한 글쓰기를 한다. 한글 맞춤법이나 띄어쓰기를 자동으로 체크하고 정정해주는 기능을 활용할 수 있다. 어느 정도 도움은 되나 완전하게 체크해주지는 못한다. 그러니 글쓰기의 기본 지식으로 맞춤법과 띄어쓰기를 익혀두어야 한다.

가. 맞춤법

한글 맞춤법 통일안에 따라 써야 한다. 여기서는 글쓰기에서 틀리기 쉬운 것들을 간추려 제시한 것이다.

[에/에게]

식물이나 무생물 등 감정이 없는 대상은 '에'로, 사람이나 동물 등 감정이 있는 대상은 '에게'를 쓴다.

- 일본에 공개 사과를 요청하다.(감정이 없는 대상)
- 친구에게 편지를 보내다.(감정이 있는 대상)

[음/슴]

"해외여행을 했습니다." "밤이 되었습니다."와 같이 과거형 높임말은 모두 '~읍니다'에서 '~습니다'로 바뀌었다. 그렇다고 "해외 여행을 했슴" "밤이 되었슴"과 같이 줄여 쓰는 것은 아니다. 헷갈리겠지만 이전처럼 모두 '음'으로 써야 한다.

[~로서/~로써]

사람의 지위·신분·자격을 나타내는 경우는 '~로서'를 쓰고, 사물의 도구·재료·방편·이유 등을 나타내는 경우는 '~로써'를 쓴다.

- 그는 회사 대표로서 회의에 참석했다.(자격)
- 우리 회사 건물은 벽돌로써 지은 건물이다.(재료)

[데로/대로]

장소를 나타내는 단어인 '곳'으로 바꿔 뜻이 통하면 '데로'로, 그 이외의 경우에는 '대로'로 쓴다. "시키는 데로 했을 뿐이다."는 틀린 것으로 '대로'로 써야 한다. 그러나 "조용한 데로 가서 얘기하자."의 경우의 '데로'는 맞다.

[므로/으로]

'때문에'로 바꾸어 내용이 적절하면 '므로'로, 그렇지 않으면 '으로'로 쓴다.

- 일을 하므로 보람을 느낀다 : 일을 하기 때문에 보람을 느낀다.
- 일을 함으로 보람을 느낀다 : 일을 하는 것으로 보람을 느낀다.

[으러/의려]

'(으)러'는 목적을 나타내고 '(으)려'는 의도를 나타낸다.

- 도서관으로 공부하러 간다.(목적)
- 지금 막 자리를 뜨려 한다.(의도)

[~이/~히]

'~이'로 써야 할지 '~히'로 써야 할지 혼동되기 쉽다. 일반적으로 '~하다'가 붙어 뜻이 통하는 경우는 '~히'를, 그렇지 않으면 '~이'로 쓴다. 그러나 예외적으로 다음과 같은 경우는 '~이'로 써야 한다.

- 'ㄱ' 받침 뒤에서 : 가뜩이, 깊숙이, 더욱이, 수북이, 오뚝이, 일찍이, 히죽이 등
- 'ㅅ' 받침 뒤에서 : 깨끗이, 따뜻이, 뚜렷이, 지긋이, 반듯이, 버젓이, 산뜻이 등
- 첩어 뒤에서 : 일일이, 낱낱이, 간간이, 곳곳이, 알알이, 줄줄이, 번번이 등

• 'ㅂ' 불규칙 용언의 변환 : 즐거이(즐겁다), 새로이(새롭다), 외로이(외롭다), 안타까이(안타깝다) 등

[며칠/몇일]

보통은 발음대로 쓴다. 그러나 '몇 명, 몇 알, 몇 아이' 등과 같이 의문형으로 쓸 경우는 다르다. 받침을 넣고 띄어 쓴다.

• 며칠이 지나 연락이 왔다.(발음대로)

• 버스에 탈 사람은 몇 명입니까?(의문형)

[~던/~든]

'~던'은 과거를 나타내고, '~든'은 조건이나 선택을 나타낸다.

• 지난날 행복했던 시절이 떠오른다.(과거)

• 햇볕이 쬐거든 창문을 열어둔다.(조건)

[~ㄹ게/ ~ㄹ께]

'~할걸, ~줄게' 등과 같은 종결어미는 예사소리로 써야 한다. 그러나 '~할까?, ~뭘꼬?' 등과 같은 의문의 종결어미는 된소리가 나게 써야 한다.

• 이런 글은 누구나 쓸걸.

• 앞으로 열심히 할게.

• 누가 감히 나에게 대적할까?

• 저기 숲 속에 있는 게 뭘꼬?

[안/않]

부정을 나타낼 때 쓰는 '안'은 '아니'의 준말이고, '않'은 '아니하다'의 준말이다. 이 경우 '안'은 부정 단어 앞에서, '않'은 '~지' 형태의 연결형 다음에 와서 부정을 나타낸다.

- 안 보다 : 아니 보다
- 안 가다 : 아니 가다
- 보지 않다 : 보지 아니하다
- 가지 않다 : 가지 아니하다

[오/요]

연결형이나 높임의 조사로 쓰일 때는 '요'를 쓴다.

- 이것은 책이요, 저것은 노트이다.
- 그거 참 좋지요.

종결형에서 사용되는 어미 '~오'는 '~요'로 소리 나지만 '~오'로 쓴다.

- 이것은 책이요 → 이것은 책이오
- 이리로 오시요 → 이리로 오시오

'~시오'와 '~세요' 는 한 단어처럼 연결하여 쓴다.

- 꼭 답장 주십시오. 수고 하시오. → ~시오
- 꼭 답장 주세요. 수고 하세요. → ~세요

[되다/돼다]

우리말에 '돼다'라는 단어는 없다. '돼'는 '되어'를 줄인 말이므로, '되어다'가 그 원형이다. 또한 '됐다'가 '돼다'의 과거형으로 혼돈하기 쉬운데 '되었다'의 준말이다. 어쨌든 수필 등의 일반적인 글에서는 '됐다'보다 '되었다'로 쓰는 것이 부드러운 느낌을 준다.

또한 '되'와 '돼'가 헷갈리기 쉬운데, '되'를 '하'로 '돼'를 '해'로 대신 넣어 말이 되는 쪽을 쓴다고 생각하면 명쾌해진다.

- 그래도 되? = 그래도 하? / 안 되 = 안 하 (X)
- 그래도 돼? = 그래도 해? / 안 돼 = 안 해 (O)

나. 띄어쓰기

단어와 단어 사이는 띄어쓰기를 원칙으로 하되 조사는 단어의 끝에 붙여 쓴다. 다음은 틀리기 쉬운 띄어쓰기를 든 것이다.

의존명사(것, 수, 바, 지, 만큼 등)**는 띄어 쓴다.**

- 아는 **것**이 힘이다.
- 나도 그 정도는 할 **수** 있다.
- 네가 뜻한 **바**를 누가 알아줄까 보냐?
- 그가 떠난 **지**가 벌써 10년이나 지난 것 같다.
- 먹을 **만큼** 음식을 맛있게 먹어라. 그러면 몸이 나아질 **수** 있다.

단위를 나타내는 명사는 띄어 쓴다.

• 한 **개**, 차 한 **대**, 옷 한 **벌**, 집 한 **채**, 오후 두 **시**

그러나, 순서를 나타내는 경우나 숫자와 어울려 쓰이는 경우에는 일반적으로 붙여 쓴다.

• 육층, 삼학년, 제3과, 2012년 9월, 105동 505호, 10억 5천만 원

이름은 붙여 쓰고, 호칭명과 직명은 띄어 쓴다.

• 이름 : 박무사, 남궁신일,

• 호칭(직명) : 박 군, 박 박사, 남궁 선생님, 남궁 사장님

이미 단어들이 굳어져 함께 쓰이는 복합어는 붙여 쓴다.

• 명사 : 새집, 큰집, 젊은이, 집안, 탈것, 병술

• 동사 : 끌어당기다, 날아가다, 덮어쓰다, 움켜쥐다

• 부사 : 도착하자마자, 보다시피, 죽을망정, 쓰러질지언정

용언과 보조 용언은 띄어쓰기를 원칙으로 한다.

• 오늘은 비가 **올 듯하다**.

• 다리를 다친 친구에게 약을 **발라 주다**.

다만, 보조용언 가운데 '지다, 받다, 드리다, 당하다'는 붙여 쓴다.

• 지다 : 맑아지다, 슬퍼지다, 어두워지다

• 받다 : 대우받다, 버림받다, 주문받다

• 드리다 : 보여드리다, 말씀드리다, 알려드리다

• 당하다 : 봉변당하다, 망신당하다, 창피당하다

단음절로 된 단어가 연속해서 나타나는 경우는 붙여 쓸 수 있다.

• 그 때 그 곳 → 그때 그곳

• 좀 더 큰 것 → 좀더 큰것

• 내 것 네 것 → 내것 네것

같은 단어이나 쓰이는 경우에 따라 띄어쓰기가 다르다.

• '간'이 시간의 경과를 나타낼 경우는 접미사이므로 앞말에 붙여 쓰고(한 달 **간**, 십 년**간**), 거리를 나타내면 의존명사이므로 띄어 쓴다(서울 부산 **간**, 부모 자식 **간**).

• '만'이 한정이나 비교를 나타낼 경우는 조사이므로 붙여 쓰고(너**만** 오너라, 키가 어머니**만** 하다), 시간의 경과를 나타내면 의존명사이므로 띄어 쓴다(이십 년 **만**에 만난 혈육, 이게 얼마 **만**이냐?).

• '만'과 '하다'가 연결된 경우는 조사는 띄어 쓰고(강아지가 송아지**만 하다**), 보조용언은 붙여 쓴다(음식이 먹을 **만하다**).

• '대로, 만큼, 뿐, (은/는)지, (은/는)데'는 조사 또는 어미로 쓸 경우는 앞말에 붙여 쓰고, 의존명사로 쓸 경우는 띄어 쓴다.

〈대로〉 나는 나**대로** 산다(조사)

가는 **대로** 연락하여라(의존명사)

〈만큼〉 나도 너**만큼** 한다(조사)

나도 할 **만큼** 했다(의존명사)

〈뿐〉 좋아한 건 너**뿐**이야(조사)

널 좋아했을 **뿐**이야(의존명사)

〈~지〉 해가 지는**지** 모르겠다(어미)

해가 진 **지**가 꽤 되었다(의존명사)

〈~데〉 역에 가는**데** 친구를 만났다(어미)

가는 **데**가 어디냐?(의존명사)

- '안'은 '학교에 안 간다' 등의 부정의 의미는 띄어 쓰지만, 일이나 현상이 잘못됨을 나타내는 '장사가 안된다' 등은 한 단어로 붙여 쓴다.
- '못'은 '못 간다' 등과 같이 부정의 의미는 띄어 쓰지만, '못하다, 못되다' 등은 한 단어로 붙여 쓴다.
- '동안'은 '2시간 동안, 일주일 동안' 등과 같이 명확한 간격이나 기간을 나타낼 경우는 띄어 쓰지만, '그동안, 오랫동안, 한동안' 등은 한 단어로 붙여 쓴다.

인용문 바로 다음의 '라고'는 인용의 보조사이므로 붙여 쓰고, '하고'는 동사이므로 띄어 쓴다.

- "어머니가 그렇구나."라고 말하며 박수를 쳤다.
- "어머니가 그렇구나." 하고 말하며 박수를 쳤다.

기타 띄어쓰기 없이 붙여 쓰는 단어

- 접두사 '제' : 제2차 세계대전
- 커녕 : 밥은커녕 죽도 못 먹는다.

• 즉 : 글쓰기 책인즉 특색이 있다.

• '않다'와 복합어 : 마지않다, 머지않다, 못지않다, 얼토당토않다

• '없다'와 복합어 : 보잘것없다, 하잘것없다, 온데간데없다

다. 문장 부호의 이해

우리 한글에는 온점(.), 물음표(?), 느낌표(!) 등 23개의 문장 부호가 있다. 좋은 글쓰기를 위해서는 이들 문장 기호를 잘 선별해서 사용해야 한다. 다음은 글쓰기에 자주 쓰이고 혼동하기 쉬운 것들을 든 것이다.

가운뎃점(·)

열거된 여러 단위가 대등하거나 밀접한 관계로 특정한 의미를 나타낸다.

• 요즈음 여름 과일로 참외·수박·포도가 풍성하다.(대등 단위표시)

• 3·1독립운동, 8·15광복절(특정한 의미)

쌍점(:)

내포되는 종류를 들거나 간단한 설명이 필요할 경우, 시간이나 대비를 나타낼 때 등에 쓰인다.

• 문방사우 : 붓, 먹, 벼루, 종이

• 일시 : 2010년 12월 25일 10시

• 09:00 (오전 9시)

• 게임 스코어 2:3 (2 대 3)

큰따옴표(“ ”), 겹낫표(『 』)

대화, 인용을 나타내며 가로쓰기에는 큰따옴표를 세로쓰기에는 겹낫표를 쓴다.

• “오늘 운수대통이다!” “무슨 좋은 일이라도 생겼니?”

• 예로부터 “칭찬은 고래도 춤을 추게 한다.”는 말이 있다.

작은따옴표(‘ ’), 낫표(「 」)

따온 말 가운데 다시 따온 말을 나타내거나, 마음속으로 한 말을 나타내거나 문장에서 강조하는 경우에도 쓴다. 가로쓰기에는 작은따옴표를 세로쓰기에는 낫표를 쓴다.

• “희망을 가지십시오. ‘노력하면 안 되는 일이 없다.’지 않습니까?”

• ‘만약 실패한다면 어떻게 하지?’ 나는 갑자기 불안해졌다.

• 지금 필요한 것은 ‘돈’이 아니라 ‘시간’이다.

숨김표(××, ○○)

금기어나 공공연히 쓰기 어려운 비속어 또는 이름, 숫자 등에 그 글자의 수효만큼 나타낸다.

• 지식인으로서 어찌 ×××라는 말을 할 수 있는가?

• 육군 제○○○○부대 ○○○명이 해외에 파병되었다.

줄임표(……)

할 말을 생략하거나 내용이 많아 생략할 때 쓰인다.

• "내가 어떤 사람인지 보여 줄까? 정말……." 그가 흥분해서 대들었다.

• 그의 경력은 매우 다양하다. 시인, 수필가, 정치가…….

글쓰기의 올바른 단어

글쓰기의 기본 지식으로 문법에 이어 올바른 단어의 사용도 중요하다. 표준어를 사용하고 비슷한 단어를 제 의미대로 올바르게 사용해야 한다. 또한 외래어를 사용할 경우는 바른 표기로 써야 한다.

가. 표준어 사용

문장에서 사투리가 있으면 글의 품격을 떨어뜨린다. 소설 등에서 흥미를 이끌어 내기 위해 주인공의 출생이나 성품에 따라 사투리를 간혹 쓰기도 한다. 그러나 수필 등의 일반 글에서는 인용문 등의 특별한 부분을 제외하고는 가급적 표준어를 사용하는 것이 바람직하다. 다음은 틀리기 쉬운 표준어를 든 것이다.

· 그 신사는 머리에 반듯하게 가리마를 탔다. (가리마 → 가르마)

· 하루 담배 한 가치(개피)만 피운다. (가치, 개피 → 개비)

· 사람을 오라해 놓고 괄세하면 되나? (괄세하다 → 괄시하다)

· 거치장스러운 사람과는 안 만난다. (거치장스러운 → 거추장스러운)

· 그녀는 괜시리 나를 미워한다. (괜시리 → 괜스레)

· 송금하려면 구좌번호를 알려주십시오. (구좌번호 → 계좌번호)

· 한여름에 먹는 깡보리밥에 상추쌈 (깡보리밥 → 꽁보리밥)

· 대낮부터 미친 듯 깡술을 마셔댄다. (깡술 → 강술)

· 바다로 가자고 언니를 꼬시다. (꼬시다 → 꾀다, 꼬드기다)

· 오늘 모임에는 내노라하는 사람들이 다 모였다. (내노라 → 내로라)

· 사무실이 꽤 넓다랗군요. (넓다랗다 → 널따랗다)

· 선배가 갑자기 뇌졸증으로 쓰러졌다. (뇌졸증 → 뇌졸중)

· 요즈음은 밥보다 누룽밥을 좋아한다. (누룽밥 → 눌은밥)

· 어제 친구와 닭도리탕을 맛있게 먹었다. (닭도리탕 → 닭볶음탕)

· 이제 와서 되려 나를 탓하다니. (되려 → 되레, 도리어)

· 두루뭉실하게 살아가는 방법 (두루뭉실하게 → 두루뭉술하게)

· 파티가 끝난 뒤치닥거리로 어수선하다. (뒤치닥거리 → 뒤치다꺼리)

· 하수도에서 메시꺼운 냄새가 남다. (메시꺼운 → 메스꺼운)

· 로또복권 추첨은 복골복이다. (복골복 → 복불복)

· 유명한 화가의 그림을 본따다. (본따다 → 본뜨다)

· 공공장소에서는 담배를 삼가해 주십시오. (삼가하다 → 삼가다)

· 서슴치 말고 빨리 보고하시오. (서슴치 → 서슴지)

· 고향은 생각만 해도 가슴이 설레인다. (설레이다 → 설레다)

· 시시부지 일을 대충 끝내서는 안 된다. (시시부지 → 흐지부지)

· 아둥바둥 살아가는 것도 지겹다. (아둥바둥 → 아등바등)

· 차가 막혀 안절부절하다. (안절부절하다 → 안절부절못하다)

· 이 의자는 나에게 안성마춤이다. (안성마춤 → 안성맞춤)

· 다음 보기 중 알맞는 답은? (알맞는 → 알맞은)

· 애기가 참 예쁘다. (애기 → 아기)

· 어거지만 부리지 말고 좀 진정해라. (어거지 → 억지)

· 여직껏 놀기만 하고 공부는 언제하나? (여직껏 → 여태껏)

· 연거퍼 방송이 펑크 났다. (연거퍼 → 연거푸)

· 옛부터 전해내려 온 전설이다. (옛부터 → 예부터)

· 오랜동안 참고 견딘 일이다. (오랜동안 → 오랫동안)

· 오랫만에 친구를 마났다. (오랫만 → 오랜만)

· 우뢰와 같은 박수를 치다. (우뢰 → 우레)

· 우연찮게 길을 가다 친구를 만났다. (우연찮게 → 우연하게)

· 특기 하나 가지고 만날 울궈먹고 있네. (울궈먹다 → 우려먹다)

· 오늘은 웬지 가슴이 설렌다. (웬지 → 왠지)

· 자그만한 가지에 큰 열매가 열렸다. (자그만한 → 자그마한)

· 남의 연구보고서를 짜집기한 논문이다. (짜집기 → 짜깁기)

· 진흙은 다른 흙보다 찰지다. (찰지다 → 차지다)

· 노인이 짧다란 막대기로 지팡이삼아 간다. (짧다란 → 짤다란)

· 천장부지로 치솟는 땅값 (천장부지 → 천정부지)

· 하늘에는 초생달만 외롭게 떠 있다. (초생달 → 초승달)

· 그 사람이 우승한다고? 택도 없다. (택도 없다 → 턱도 없다)

· 며칠 사이에 얼굴이 많이 핼쓱해졌다. (핼쓱하다 → 해쓱하다)

· 햇님이 방긋 웃는 이름 아침 (햇님 → 해님)

나. 비슷한 단어의 이해

표기상으로는 비슷한 것 같지만 그 본래의 뜻은 확연히 다르므로 유의해야 한다. 정확한 내용 전달을 위해서 반드시 이해하지 않으면 안 된다. 다음은 매우 비슷하여 혼동하고 잘못 쓰기 쉬운 단어들을 든 것이다.

[가늠하다 – 가름하다]

- 가늠하다 : 물가 변동을 가늠하기 어렵다 (목표 · 기준 부합여부)
- 가름하다 : 생사를 가름하는 극한적 상황이다 (나눔, 구별)

[개발 – 계발]

- 개발 : 신제품의 개발에 힘쓰다 (물질적 발전)
- 계발 : 나의 능력 계발에 힘쓰다 (정신적 발전)

[거저 – 그저]

- 거저 : 차려 놓은 밥상을 거저 먹으려 한다 (대가 없이)
- 그저 : 한마디 말없이 그저 빙긋 웃기만 한다 (줄곧)

[걷잡다 – 겉잡다]

- 걷잡다 : 일이 걷잡을 수 없도록 꼬였다 (붙들어 잡음)
- 겉잡다 : 사람을 겉잡아 보고 말하지 마라 (대강, 대충)

[결단 – 결딴]

- 결단 : 위공위성을 발사하기로 결단했다 (결정함)
- 결딴 : 얼마 쓰지 않은 의자가 결딴났다 (망가짐)

[계기 – 빌미]

- 계기 : 회사에서 승진을 계기로 근무태도가 달라졌다 (기회)

• 빌미 : 스트레스가 빌미가 되어 암에 걸렸다 (원인)

[곤욕 - 곤혹]

• 곤욕 : 사장에게 곤욕을 당했다 (심한 모욕)

• 곤혹 : 뜬금없는 질문에 곤혹스러웠다 (당황스러움)

[그러므로 - 그럼으로]

• 그러므로 : 나는 일을 잘한다. 그러므로 존경을 받는다 (그 때문에)

• 그럼으로 : 나는 일을 잘한다. 그럼으로 보람을 느낀다 (그 일로)

[다르다 - 틀리다]

• 다르다 : 이 책은 다른 책과 내용이 다르다 (같지 않음)

• 틀리다 : 이번 시험에서 5문제가 틀리다 (맞지 않음)

[당기다 - 댕기다]

• 당기다 : 바다에서 고기 그물을 당기다 (가까이 끌어 옴)

• 댕기다 : 촛불에 불을 조심스럽게 댕기다 (옮겨 붙음)

[두껍다 - 두텁다]

• 두껍다 : 날씨가 추워서 두꺼운 옷을 입었다 (부피, 두께)

• 두텁다 : 우리의 우정은 두터운 사이이다 (인정, 정감)

[든지 – 던지]

• 든지 : 오든지 가든지 마음대로 해라 (미래)

• 던지 : 그날 왔던지 안 왔던지 잘 모르겠다 (과거)

[맞추다 – 맞히다]

• 맞추다 : 사진으로 범인을 맞추어보다 (비교, 대조)

• 맞히다 : 과녁을 맞히는 사람에게 상품을 준다 (적중)

[비껴가다 – 비켜가다]

• 비껴가다 : 태풍이 우리나라를 비껴갔다 (비스듬히 스침)

• 비켜가다 : 사람들을 비켜 가며 빠르게 걸었다 (피하여 나감)

[빠르다 – 이르다]

• 빠르다 : 다른 환자보다 회복이 빠르다 (속도)

• 이르다 : 방문 일정이 예정보다 이르다 (계획, 시기)

[삐지다 – 삐치다]

• 삐지다 : 무를 삐져 넣고 무국을 끓인다 (얇고 비스듬히 자름)

• 삐치다 : 조금만 나무라도 삐친다 (성이나 토라짐)

[아득하다 – 아뜩하다]

• 아득하다 : 종일 걸었으나 갈 길이 아득하다 (멀음, 오래됨)

• 아뜩하다 : 취직시험 낙방소식에 아뜩하다 (정신이 어지러움)

[안갚음 – 앙갚음]

• 안갚음 : 까마귀도 안갚음을 하는데 사람이 그래서야 (은혜를 갚음)

• 앙갚음 : 따귀를 맞은 앙갚음으로 고소를 했다 (상대에게 복수)

[애끊다 – 애끓다]

• 애끊다 : 애끊는 피리소리에 잠을 못 이룬다 (슬픈 감정)

• 애끓다 : 자식 걱정에 애끓는 부모가 많다 (안타까운 감정)

[얇다 – 엷다]

• 얇다 : 얇은 책을 든 사람 (두께가 두껍지 않음)

• 엷다 : 엷은 미소를 띤 사람 (빛, 농도 등이 진하지 않음)

[어렵다 – 힘들다]

• 어렵다 : 경기가 안 좋아 장사하기 어렵다 (정신적 고통)

• 힘들다 : 경기가 안 좋아 장사하기 힘들다 (육체적 고통)

[여의다 – 여위다]

• 여의다 : 얼마 전에 어머님을 여의었다 (죽어서 이별)

• 여위다 : 며칠 사이에 많이 여위었다 (살이 빠져 파리함)

[옷거리 – 옷걸이]

• 옷거리 : 옷거리가 좋아 아무거나 입어도 잘 맞는다 (신체조건)

• 옷걸이 : 옷을 벗어 옷걸이에 걸어 두었다 (옷 거는 도구)

[웃옷 – 윗옷]

• 웃옷 : 날씨가 더워서 웃옷을 벗었다 (속옷과 대립, 겉옷)

• 윗옷 : 날씨가 더워서 윗옷을 벗었다 (아래옷과 대립, 윗몸에 입는 옷)

[일절 – 일체]

• 일절 : 우리 식당은 흡연자를 일절 사양한다 (부인 또는 금지)

• 일체 : 근심걱정일랑 일체 털어버리고 살자 (모든 것을 다)

[좇다 – 쫓다]

• 좇다 : 국민의 여론을 좇아 국가를 이끌어 간다 (여론을 따름)

• 쫓다 : 경찰관이 범인의 뒤를 쫓아 검거했다 (뒤를 따라감)

[지그시 – 지긋이]

• 지그시 : 눈을 지그시 감고 생각에 잠긴다 (살그머니)

• 지긋이 : 나이가 지긋이 든 사람이 방문했다 (많은 모양)

[째 – 번째]

• 째 : 그의 셋째 아들은 효자다 (순서나 등급, 항목열거)

• 번째 : 그는 세 번째 장가를 갔다 (거듭되는 같은 일의 차례)

[참가 - 참석 - 참여]

• 참가 : 거리의 응원단에 참가하여 응원했다 (대규모 군중)

• 참석 : 매 주마다 간부회의에 참석한다 (정해진 모임)

• 참여 : 법률개정 작업에 시민의 대표로 참여했다 (일 관련)

[푼푼이 - 푼푼히]

• 푼푼이 : 돈을 안 쓰고 푼푼이 모으다 (한 푼씩)

• 푼푼히 : 돈이 없어서 외식도 푼푼히 못한다 (넉넉하게)

[하노라고 - 하느라고]

• 하노라고 : 일을 하노라고 한 것이 이 모양이다 (성과 부족)

• 하느라고 : 연구하느라고 고생이 많구나 (성과 기대)

[하릴없이 - 할 일 없이]

• 하릴없이 : 물가가 올라도 하릴없이 사먹고 산다 (어쩔 수 없이)

• 할 일 없이 : 할 일 없이 집에서 빈둥거린다 (일이 없어서)

[햇볕 - 햇빛]

• 햇볕 : 무더운 여름에는 햇볕이 따가워 외출을 삼간다 (해의 열기)

• 햇빛 : 강한 햇빛이 얼굴을 비추어 눈을 가렸다 (해의 빛, 일광)

[호리다 – 홀리다]

• 호리다 : 친구를 호려서 술을 사게 하다 (남을 꾀거나 속임)

• 홀리다 : 친구에게 홀려서 술을 샀다 ('호리다'의 피동)

[홀몸 – 홑몸]

• 홀몸 : 그녀는 부모, 형제도 없는 홀몸이다 (외로운 처지)

• 홑몸 : 그녀는 홑몸도 아닌데 밤늦도록 일한다 (아이를 배지 않은 몸)

다. 외래어의 바른 표기

필요에 따라 외래어를 쓸 수 있으나 가급적 자제하는 것이 좋다. 그러나 이미 우리말처럼 익숙해졌고 우리말로 정확한 의미 전달이 어려운 경우는 외래어를 써도 무난하다.

외래어를 우리말로 바꾸어 쓰는 데도 기본 원칙이 있다. 다음은 외래어 표기의 일반 원칙과, 틀리기 쉬운 예시를 든 것이다.

받침에는 ㄱ, ㄴ, ㄹ, ㅁ, ㅂ, ㅅ, ㅇ 만 쓴다

• 디스켙diskette → 디스켓, 커피숖coffee shop → 커피숍, 케잌cake → 케이크

장모음의 장음은 쓰지 않는다

• 티임team → 팀, 스키이skee → 스키, 무우드mood → 무드

된소리(ㄲ, ㄸ, ㅃ, ㅆ, ㅉ)를 쓰지 않는다

• 까페café → 카페, 떼제베TGV → 테제베, 빠리Paris → 파리, 싸이클cycle → 사이클

중모음 '오우(ou)'는 '오'로 쓴다

• 윈도우window →윈도, 스노우snow → 스노, 보우트boat → 보트

단어 끝의 '쉬'는 '시'로, '취'는 '치'로 쓴다. 자음 앞의 '쉬'는 '슈'로 쓴다

• 피쉬fish → 피시, 캐취catch → 캐치, 쉬러브shrub → 슈러브

'ㅈ, ㅊ' 발음이 모음 앞에서 '쟈, 져, 쥬, 챠, 츄'로 될 경우는 '자, 주, 차, 추'로 쓴다

• 비젼vision → 비전, 쥬스juice → 주스, 스케쥴schesule → 스케줄

현지의 외국어 발음을 살려 쓴다

• 칸느Cannes → 칸, 나쇼날national → 내셔널, 다이나마이트dynamite → 다이너마이트

또한 우리말로 대체해도 의미 전달에 어려움이 없는 외래어는 굳이 쓸 필요 없다. 다음은 우리말로 쓰는 것이 더 의미 있고 멋진 외래어를 예시로 든 것이다.

- 다이나믹 → 활기 넘치는
- 다이어트 → 식이요법
- 리셉션 → 환영회
- 바캉스 → 휴가
- 데카당 → 퇴폐적
- 모던 → 현대적
- 클래식 → 고전적
- 미스 → 착오
- 아이템 → 항목
- 스타트 → 출발
- 트랜드 → 경향
- 하모니 → 조화
- 콤비네이션 → 조합
- 판타스틱 → 환상적
- 페스티벌 → 축제
- 프라이버시 → 사생활
- 파워풀한 남성 → 힘찬 남성
- 전담 파트 → 전담 부서

지금까지 〈제1장. 글쓰기의 기본단계〉를 독자가 이해하여 한 편의 글을 썼다고 가정한다. 여러분은 지금 자신의 생활체험을 바탕으로 느낀 소감을 잘 묘사하여 정성껏 퇴고까지 마친 상태다. 자기 자신이 볼 때 글쓰기 실력은 어느 정도라고 생각하는가? 아마 올바른 문법으로 내용 전달이 잘 된 글이라는 평가를 받을 수 있지만 문학적인 글이라는 평가를 받기엔 어려울 것이다. 그렇다면 어떤 글이 문학적일까? 이제부터 우리가 지향하는 글쓰기의 목표, 바로 문학적인 글쓰기에 힘차게 도전해 보자.

제2장

글쓰기의 성숙단계

문학적인 글쓰기

세련된 문장 만들기

적절한 수사법의 응용

명수필의 감상

문학적인 글쓰기

문학이란 언어로 기록된 예술 즉 언어예술을 말한다. 전통적으로는 시, 소설, 수필, 희곡 등을 순수문학으로 분류한다. 시나리오, 방송드라마, 만화스토리, 게임스토리, 광고문구 등은 상업적인 목적으로 쓴 글이기에 순수문학으로 분류하지 않는다.

그러나 상업적인 목적으로 쓴 글에도 문학성은 있다. 어떤 장르라 하더라도 사람과 세상을 정서적으로 아름답게 만들어주며 창조성을 내포하고 있으면 문학으로 보는 게 합당하다. 문학적인 글을 써 관련 협회나 문학지 등의 평가와 인정을 받아야 비로소 한 편의 작품이 탄생하고 작가가 되는 것이다.

이처럼 문학은 범위가 넓다. 그 문학의 넓은 범위에서도 이 책에서는 누구나 삶의 현장에서 가볍게 쓸 수 있는 수필 중심으로 관련 이론을 설명하고 사례를 들었다. 왜냐하면 시나 소설은 전달하고자 하는 내용이 은유적이며 가상적이고 허구적인 면이 강하다. 또한 일반적인 글쓰기 형식과 달라 많은 연구와 훈련이 필요하기 때문이다.

반면 수필은 일상에서 느낀 감정을 진솔하게 표현하는 글이다. 우리글의 형식을 그대로 살리면서 특별한 기법 없이도 쓸 수 있다. 누구나 써 본 일기나 편지, 기행문 등의 산문 모두를 수필의 범주로 보는 것도 바로 이런 이유에서다.

시나 소설 등의 작가는 흔히 정년이 있다고 한다. 50이 넘으면 벌써 정년이 지났다고 한다. 그러나 수필에는 정년이 없다. 오히려 50이 넘은 노년의 길에서 삶의 현장을 보다 심도 있고 중후하게 표현하고 있다. 그래서 수필가는 50대 이후에 등단을 많이 하며 더욱 왕성한 활동을 하고 있는 것 같다.

가. 좋은 수필의 조건

어떤 글이 좋은 글인가? 한마디로 독자의 반응이 좋은 글이다. 글을 제아무리 잘 쓰는 사람도 혹평을 받을 때도 있다. 글의 주제와 내용은 물론이고 글의 발표 시기와 배경 그리고 독자의 기분에 따라서도 영향을 받기 때문이다. 관점에 따라 좋은 수필이 되기 위한 조건은 매우 다양하지만, 여기서는 중요한 몇 가지만 짚어보도록 하자.

재미있는 글

글 쓰는 사람이 가장 신경을 써야 할 사항이다. 첫 쪽, 첫 문장부터 진부하고 고리타분한 글이 이어지면 독자는 더 이상 읽고 싶어 하지 않는다. 같은 주제와 내용이라도 생기가 돌고 읽는 사람의 호기심을 자극하는 글이 좋다. 게다가 부드럽고 넌지시 유머가 담긴 참신한 글이라면 더할 나위 없다.

간결한 글

글의 내용은 구체적이고 상세해야 하지만, 문장은 가급적 짧게 쓰는 것이 좋다. 문장은 물이 흐르듯 거침이 없고 리듬을 타야 독자와의 소통을 빠르고 원활하게 할 수 있다. 작가의 머릿속에 있는 상상을 독자의 머릿속에 지루하지 않게 이전시키기 위해서는 속도감이 있어야 한다. 그 속도감은 바로 간결함에서 나온다.

중복되거나 지나치게 수사하는 등의 불필요한 단어나 문구를 과감하게 줄인다. 가급적 60자 이상의 긴 복문을 피하고 짧은 단문으로 쓰는 것이 좋다. 그렇다고 단문만을 일률적으로 쓰는 것은 좋지 않다. 뜻을 전달하는 데 무리가 없다면 간간이 장문을 섞어 써 변화를 주는 것이 바람직하다.

쉬운 글

아무리 재미있고 유익한 내용이라도 독자가 쉽게 읽고 이해할 수 없다면 죽은 글이나 다름없다. 그렇다면 살아 있는 문장은 어디에서 나올까? 바로 우리 일상 속에서 올바르게 정착되어 표현되는 익숙한 단어에서 나온다.

가급적 난해한 한자어, 전문용어, 외래어 등은 삼가해야 한다. 부득이 독자의 이해를 높이기 위해 쓸 경우라도 그 의미를 인지할 수 있도록 배려가 따라야 한다.

인상이 풍기는 글

동일한 사물에 대해 쓰더라도 남과 달리 느끼고 생각하는 바가 두드러질수록 강한 인상을 준다. 이러한 글을 쓰려면 무엇보다 진실성이 있어야 한다. 체험을 통해 마음에서 우러나온 내용을 진솔하게 쓴다. 과장되지 않은 이야기 속에 개성이 깃든 구수한 맛이 있고 좋은 인상을 남긴다.

아무리 잘 만든 조화라도 한 포기의 살아 숨 쉬는 생화보다 감동을 주지 못하는 이유가 바로 여기에 있는 것이다.

품격이 있는 글

글에도 사람의 인격과 같은 품격이 있다. 품격이 없는 글은 천한 글이요, 흔히 속문이라 한다. 속문은 도덕성과 객관성에 문제가 있다. 야비하고 저속한 표현을 쓰는 것, 자신의 분수를 모르고 내세우는 것, 중용에서 벗어나 편협하게 치우치는 것 등의 속문은 품격을 떨어뜨린다.

꽃에 대해 쓴 글은 아름다움이 눈에 선하게 보이고 향기가 코에 묻어나야 한다. 이처럼 밝은 눈으로 여과시켜 글을 써야 품위가 있다.

공감을 주는 글

올바른 주장을 해도 독자가 반발심을 갖는다면 정말 안타까울 것이다. 그렇다면 어떤 글이 독자에게 공감을 줄까? 무엇보다 독자와 한마음 한뜻이 될 수 있는 주제와 소재가 요구된다.

남의 이야기가 아닌 누구나 관심을 끌만한 주제여야 한다. 일상의 지극히 평범한 삶의 이야기가 '평범 속의 비범'을 자아낸다. 여기에 진솔함이 담기고 잔잔한 여운을 남기는 글이라야 공감을 받을 수 있다.

교훈을 주는 글

어떤 작품을 읽고 재미를 느끼고 감명을 받았다면 그 글은 좋은 글이다. 더불어 어떤 교훈을 얻었다면 더 좋은 글이다. 우리가 좋은 글을 쓰려고 하고 좋은 글을 읽으려 하는 목적은 무엇인가? 한마디로 삶에 보람을 실어주는 교훈을 얻기 위해서다.

의식주를 잘 해결하는 것만이 잘 살아가는 것은 아니다. 우리의 삶에 보람과 아름다움과 희망을 주는 예술이 필요하다. 좋은 글은 좋은 문학예술이다.

나. 수필의 유형

수필은 일정한 형식이 없어 누구나 가볍게 쓸 수 있는 글이다. 따라서 그 유형을 정형적으로 분류하기 곤란하다. 여기서는 주제의 경중과 표현 방식에 따라 다음과 같이 분류한다.

주제의 경중에 따른 분류

- **경수필** : 개인적인 감상과 체험을 바탕으로 쓴 일반적인 글이다. 작가의 개성과 신변이 들어난다. 누구나 손쉽게 쓸 수 있지만, 자칫 주관적인 감상에 치우기 쉽다.
- **중수필** : 비교적 보편성이 있는 주제를 객관적인 관찰을 바탕으로 논리 정연하게 쓴 글이다. 지적이고 논설적인 성격을 띠며 전문성을 갖춘 지식인들이 주로 쓴다.

표현 방식에 따른 분류

- **서정적 수필** : 일상생활이나 사물에 대한 느낌과 생각을 솔직하게 주관적으로 쓰는 글이다. 사색적 성격을 띠며 예술성을 강조한다.
- **서사적 수필** : 자신이나 다른 사람의 이야기를 전달하는 식으로 쓰는 글이다. 사실성, 현실성, 서술의 정확성이 중요시된다. 주로 기행 수필에서 많이 볼 수 있다.
- **교훈적 수필** : 인생에 대한 다양한 체험과 사색, 자연에 대한 깊은 관조 등을 통해 교훈을 제시하는 글이다. 작가의 신념과 철학이 나타난다.

• **희곡적 수필** : 자신이나 다른 사람이 체험한 사건을 극적 전개 위주로 쓴 글이다. 대화를 곁들인 사건 전개가 유기적이고도 짜임새 있게 구성되어 있다.

다. 수필의 구성체계

수필은 내용상으로 소설과 같이 '기起 · 승承 · 전轉 · 결結'로 구성되어야 바람직하다는 견해가 있다. 그러나 소설과 같이 정형적으로 명확하게 드러나지는 않는다.

여기서는 그 구성체계를 내용전달 형식 측면에서 4가지 즉 제목, 서문, 본문, 종문으로 나누어 살펴보기로 한다.

1) 제목

모든 사물에 이름이 있듯이 글에도 이름이 있다. 바로 글의 제목이다. 좋은 제목은 독자에게 흥미를 주고 읽으려는 의욕을 불어 넣는다. 같은 내용이라도 제목만을 바꾸어 잘 읽히게 할 수도 있다. 제목은 독자와의 첫 대면이고 접점이면서 중요한 요소다. 그만큼 제목을 설정하는 궁리가 필요한데 먼저 그 유형을 들면 다음과 같다.

• 주제를 요약한 것

• 중심인물이나 화제(토픽)를 나타낸 것

• 글의 목적이나 줄거리를 나타낸 것
• 인상적이거나 상징성을 나타낸 것
• 글의 배경이나 분위기를 나타낸 것 등

이상과 같은 형식으로 제목을 설정한 글이라고 해서 잘 읽혀지는 것은 아니다. 그 내용이 중요하다. 좋은 제목이 되기 위한 내용으로 다음의 세 가지 조건이 필요하다.

• 글의 내용이 살아있어야 한다. 독자의 시선을 끌기 위해 내용과 동떨어진 제목을 붙이는 것은 일종의 사기다.
• 평범하지 않고 특색이 있어야 한다. 가령 '사랑'이라는 단순한 제목보다는 '위험한 사랑' 등이 더 호감이 간다.
• 간결하고 선명하여야 한다. 수식어나 설명이 부가되어 산만한 제목은 독자의 눈을 피곤하게 하고 글을 외면하게 한다.

2) 서문

수필에서 서문이라 하면 일반적으로 첫 문단을 말한다. 제목과 마찬가지로 서문도 독자들의 눈길을 끌게 만들어야 한다. 아무리 좋은 내용이라도 서문이 시원치 않으면 나머지 글을 읽으려 하지 않는다.

특히 요즘처럼 글이 넘쳐나는 인터넷 시대에는 첫 문단의 첫 문장에서 독자의 시선을 끌어야 한다. 서문이 잘 써진 글은 실타래가 풀리듯 나머지 글도 시원스럽게 잘 써내려간다.

서문으로 쓰는 유형은 다음과 같다.

- 색다른 의견을 제시하거나 충격적인 어구를 도입한다
- 유명한 말이나 소감, 격언, 일화, 명언 등을 인용한다
- 사실이나 사건, 생각 등을 불쑥 끄집어낸다
- 장소나 시간, 자연환경, 분위기, 인물 등의 묘사를 한다
- 가상적인 설문이나 문제점 등을 제시한다
- 대화나 독백, 호소적인 표현을 쓴다 등

좋은 수필의 서문 역시 제목과 마찬가지로 독자의 흥미와 관심을 불러일으키는 내용이어야 한다. 흥미는 참신한 것을 의미하며, 관심은 독자의 긍정적인 반응을 얻는 것이다. 만일 코믹하고 신기하며 아련한 기대와 희망을 주는 서문이라면 더욱 빛을 발한다.

서문에서 특히 첫 문장은 호기심을 자극하고 글의 의도를 거두절미하고 곧바로 나타내는 것이 좋다. 가령 '나는 한 통의 편지를 받았다.'라는 문장은 무언가 예사롭지 않은 일이 펼쳐질 것 같은 예감을 들게 한다. 초보자의 경우 첫 문장부터 장황하게 설명하여 문장을 무겁게 하는 경향이 있으므로 주의하자. 첫 문장은 가급적 단문으로 명쾌한 내용이 좋다.

3) 본문

주제에 부응하는 다양한 소재를 체계적, 논리적으로 써나가는 수

필의 중심 내용이다. 그 내용에 따라 여러 개의 문단으로 구성된다. 하나의 문단에는 하나의 소재를 중심으로 동질성 있는 내용이 담겨야 한다.

본문도 서문처럼 독자의 관심과 흥미를 끄는 내용이면 더할 나위 없다. 그러나 한 편의 수필(보통 A4 용지 3매 분량)을 쓰다 보면 반드시 그리 되지는 않는다. 때로는 지루한 문장도 혼란스런 문장도 따르기 마련이다. 이들 문단과 문장을 조화롭게 연결하고 잘 꾸미는 능력을 발휘해야 한다.

다음은 본문을 쓸 때에 유의할 사항이다.

- **살아 있는 문장** : 살아 있는 문장은 간결하면서도 쉬운 문장이다. 가급적 한 문장에는 한 내용만 전달한다. 또한 자기만의 목소리로 혼이 담겨진 진실성이 깃들어있어야 한다.
- **생소화한 문장** : 수필이 시나 소설처럼 문학적 가치를 얻지 못하는 원인은 무엇인가? 수필은 허구나 가상이 아닌 체험이나 경험을 바탕으로 쓴, 이른바 신변잡기적인 면이 있기 때문이다. 따라서 수필에서도 시나 소설처럼 일상어를 다양한 언어로 표현하는 기법, 즉 생소화가 필요하다.
- **명쾌하고 정감이 넘치는 문장** : 전달하려는 내용이 분명하고 독자의 감정을 자극해야 한다. 사물을 아름답게 보고 느끼는 데서 정감과 감동이 따른다.
- **독창적이며 맛이 있는 문장** : 대부분의 글은 한 번 읽으면 더 이상 읽고 싶은 마음이 없어진다. 그런데 반복해서 읽어도 맛이 나는 글이 있다. 군

더더기가 없고 상징적이고 독창적인 문장이 그렇다.

4) 종문

서문과 본문도 중요하지만 글의 마무리인 종문은 특히 중요하다. 화룡점정畵龍點睛과 같은 역할을 하기 때문이다. 한 편의 영화를 보고 오래오래 기억에 남는 부분도 마지막 장면이다.

종문으로 쓰이는 유형은 다음과 같다.

- 여운을 남긴다. 할 말을 다하지 않고 독자의 상상에 맡긴다.
- 본문을 요약한다. 글의 골자가 되는 핵심 키워드로 강조한다.
- 암시적인 말을 쓴다. 물음을 던지면서 넌지시 의미를 부여한다.
- 사상과 철학이 깃들게 한다. 삶의 의미를 느끼게 하는 감동과 진리를 남긴다.

종문은 글의 전체 내용을 살릴 수도 있고 죽일 수도 있다. 시든 꽃을 활짝 피어나게 하는, 그야말로 향기롭고 멋진 맛을 풍기게 하는 것이 종문이다. 독자에게 '여운이 남는다, 재미있다, 감동적이다, 배울 점이 있다.' 등의 느낌을 남기면 탁월한 종문이요, 빛나는 유종의 미를 거둔 것이다.

이상으로 수필의 구성체계를 이론 중심으로 설명했다.

보다 현실감 있고 구체적인 내용은 「4. 명수필의 감상」에서 살펴보기로 한다.

라. 명수필가의 수필쓰기 제언

20여 년 이상 수필쓰기에 정진하여 명수필가로 잘 알려진 분들의 수필쓰기 비법은 무엇일까? 그 비법을 명수필가가 직접 수필형식으로 공개한 작품들이 있다. 이들 작품 속에는 명수필가의 수필쓰기 노하우와 산지식이 이드거니 담겨있다.

여기서는 특히 수필쓰기 입문에 도움이 되는 2편을 선별하였다. 이들 작품을 정성껏 감상하는 것도 수필공부의 현명한 방법 중의 하나이다.

관조의 세계에서 번져오는 희열

-김 규 련

삶을 한 개 가랑잎이라 할까. 가랑잎이 강물위에 떠가듯 삶의 강기슭을 흘러가다 보면 사람은 저마다 나름대로 희비喜悲의 여울목을 지나오기도 하고 부침浮沈의 강변을 스쳐가기도 한다. 이 덧없는 여로에서 어쩌다 무심히 흘리고 지나온 자그마한 사연이나 감동 같은 것이, 잠 안 오는 밤 문득 가슴이 설레도록 느껴질 때가 있다. 이 주옥같은 느낌을 그냥 버리기가 아쉬워 글로 옮겨 종이 위에 담아 둔 것이 내 나름의 수필인지도 모른다.

수필은 자기의 언어로 자기의 모습을 은근히 드러내는 자기 이야기여야 하지 않을까. 그러자면 지순至順한 자기의 심혼으로 글을 써야 할 것이다. 원고지 위에 옮겨진 자기의 느낌들은 생명 있는 자신의 분신으로 살아남아 끊임없이 숨을 쉬며 물이랑처럼 고요한 감동을 일으켜야 하지 않을까. 그러나 나는 머리로 꾀를 써서 손으로 글을 조립하는 경우가 많다. 허나 안타깝게도 만들어진 문장으로 조립된 수필은 그 속에 진실이 없기 때문에 수필이 지닌 소박한 정을 느낄 수 없으며, 맥이 통하지 않아 은은히 흐르는 사색의 무늬며 풍겨 나오는 운치 같은 것을 찾아 볼 수 없었다.

수필은 허허로운 빈 마음으로 써야 할 것 같다. 그러나 이것이 어려웠다. 나는 수필을 쓸 때마다 멋있는 명수필을 써야겠다는 허황된 욕망이 발동한다. 이 욕망의 불길이 일기 시작하면 어느덧 마음의 영토에는 큰 이변이 일어난다. 정서의 강물은 말라버리고 유현한 계곡이며, 청아한 하늘이며, 수목처럼 무성하던 언어들은 간 곳 없이 사라진다.

이럴 때 훌쩍 털고 일어나 뜨락에 내려선다. 밤하늘에 빛나는 별들을 바라보며 정원수 곁을 서성거려 본다. 자신의 그림자에 감도는 적막함을 보고 삶은 어쩔 수 없는 혼자임을 느낀다. 어느덧 어리석은 욕망이 꿈틀거리던 마음의 뜨락에 휘영청 달이 뜨고 밤이슬이 내리며 은하수가 흐른다. 욕망은 사심이다. 사심 속에는 진실이 없고 진실이 없는 곳에 참 글이 있을 수 없다.

드디어 원고지 앞에 원점으로 돌아와 다시 앉는다. 좌선의 세계에서 번져오는 희열이 나를 자연으로 돌아가게 한다. 나는 이제 강마을에 날아다니는 한 마리 물새이기도 하고 강변에 던져진 한 개 조약돌이 되기도 한다. 가슴속에선 강물이 출렁이고, 문틈 사이로 어린 시절에 듣던 그 강물 소리가 들려온다. 방 안에는 가득히 산 그림자가 드리워지고 저만큼 놓여진 난초잎 언저리엔 강마을 소녀의 모습이 어른거린다. 이러할 때 나는 드디어 한 편의 수필을 쓰게 된다.

나의 경우, 수필은 언제나 관조 끝에 얻어진 상의 조각이다. 그리고 그 상의 조각에는 항시 아픔이 있었다.

김규련 : 고등학교 교장·경북교원연수원장 등 역임, 한국수필문학상·흑구문학상 등 수상, 수필집으로 『거룩한 본능』 『즐거운 소음』 등 다수

〈작품의 감상〉

무엇을 어떻게 쓸 것인가? 수필을 쓰는 마음가짐은 어떠해야 하는가? 수필쓰기의 진면목을 진솔하게 피력한 짧은 수필이다. 무심히 흘리고 지나온 자그마한 사연이나 감동이 어느 날 문득 가슴을 설레게 한다면 주옥같은 느낌이요, 참으로 좋은 글감이다.

'사심 속에는 진실이 없고 진실이 없는 곳에 참 글이 있을 수 없다.'는 표현은 명수필을 쓰겠다는 과욕을 버리고 허허로운 빈 마음으로 분수에 맞게 글을 쓰라는 교훈을 준다. '수필은 관조 끝에 얻어진 상

의 조각'이란 의미심장한 표현은 머릿속에서 글감을 다루고, 그 이미지를 조화롭게 엮어야 한다는 것이다. 허허로운 마음으로 자연을 관조하고 사색하는 과정에서 명수필이 탄생한다는 방법론을 제시한 작품이다.

낯선 것은 익숙하게 익숙한 것은 낯설게

- 권현옥

나는 수필을 쓰고 싶어서 쓰고, 감동받고 싶어서 읽는다. 감동받고 싶은 의지가 있다 해서 마음이 그대로 움직여 주는 것이 아니고, 쓰고 싶은 마음이 절실하다 해서 글이 술술 써지는 것이 아니니 감동을 받는 일도 주는 일도 쉽지 않다.

너그럽지 않은 마음으로 코미디 프로를 보면 보기 전의 기분보다 더 찜찜해지고 말을 많이 하고 난 뒤 등이 허전하여 뒤를 보이고 싶지 않은 것처럼, 나도 쓰고 싶어 글을 쓰지만 부끄러움만 남는다. 활자로 남아 불쑥 누군가에게 감동은커녕 대수롭지 않은 일상으로 다가가 삶을 더 시들하게 할까 염려되어 갈수록 쓰는 일이 힘들다. 그럴 때 나는 처음 수필을 사랑하게 된 시점으로 달려가 힘을 채우고 마음을 데운다.

수필에 대한 사랑이 어떻게 시작되었던가. 욕심도 질투도 없이 다가가서 이유 없이 흥분했던 시기가 있었다. 과거와 현재에 무단히 퇴적해 놓았던 글에 대한 열망이 무의식적으로 살아나 선별의 기준이 되었다면 '이유 없이'라는 말은 거짓일지 모른다. 허구도 과장도 없이 편안하고 진솔한 수필의 모습에 가슴 떨렸던 인연은 행운이었다.

시는 화려한 매무새와 말할 듯 말 듯한 입술의 모호한 미소, 그리고 왁스를 먹인 것처럼 세련된 언어들이 매력적이었지만, 매력 때문에 진실이 잘 안보였을 때 나는 수필을 만났다.

덩치 큰 소설이 진실을 위해 끊임없이 말을 걸고 있었지만, 뜨거운 호흡도 긴 호흡도 조금씩 과장돼 보이고 풀어놓은 이삿짐이나 퍼낸 웅덩이의 흙처럼 실제보다 더 많은 양으로 부산스러워 보일 때, 수필을 만났다.

실크 속으로 보이는 아슴푸레한 살결 같은 시의 모습과 뼛속까지 훑어 내린 소설의 모습도 멋져 보였지만 마음을 먼저 보고 싶은 안달이 생겼을 때 수필을 만났다.

짧은 시를 쓰는 바쇼가 말했다. "모습을 먼저 보이고 마음은 감추라." 그러나 나는 순수하고 진실된 마음을 먼저 보고 싶었다. 따뜻한 방을 마련해두고 마음을 열어두고 싶다고 생각했을 때 수필을 만나 사랑하게 되었다. 시장기를 조금 느낄 때 양과 속도를 잘 지키며 고소한, 비스킷 같은 수필을 만났던 거다. 그때, 그 사랑으로 세상이 환했던 짜릿함을 잊지 않으려 한다.

나는 수필에서 자칫 일상의 고백에 치우치거나 평범한 시각의 나열이거나 설명이 길어져 퍽퍽한 비스킷이 될까 걱정스러워 새로워지려고 노력한다. 새로운 시각과 표현, 새로운 구성이 내 사랑을 지치지 않게 하리라 믿는다.

고속도로 휴게소에서 아는 사람을 만난 적이 있다. 어찌나 반가운지 어떻게 이 시간 이 장소에서 만날 수 있느냐고 호들갑을 떨었다. 만일 그 사람을 알지 못했다면 그 사람이 내 어깨를 쳤다 한들 그냥 지나쳤을 것이고, 편치 않은 관계라면 못 본 척했을 수도 있고, 좋지 않은 관계였다면 '원수는 외나무다리에서 만난다더니'라는 말을 읊었을지도 모른다. 그러니 반가움의 이유는 이미 잘 알고 있는 좋은 관계이거나 편한 사람이라는 것이고, 더 중요한 것은 낯선 곳에서 만났다는 것이다.

모든 예술이 그렇거니와 수필도 마찬가지다. '알고 있는 관계'란 우리가 일상 겪는 경험을 뜻하는 것이고 '반갑다'는 것은 '알고 있는 것'을 새로운 시각으로 본 사색의 결과이거나 표현이며 구성이어서일 것이다. 그리고 '기분 좋은 만남'이란 글 쓴 사람의 성정에서 풍기는 향내 때문일 것이다. 그래서 나는 조금은 낯선 곳에서 익숙한 것을 만나는 즐거움, 익숙한 것에서 낯선 것을 발견하는 즐거움, 그런 수필을 꿈꾸면서 쓴다.

소재를 찾을 땐 약간의 영감에 의존하는데 어떤 물건이나 아주 짧은 현상에서 인생의 한 컷이 반짝 스치면 그날은 복권에 당첨된 것처럼 반갑다. 마치 맞선을 보는 것과 같아 상대방이 문을 열고 들어와 두리번거리는 순간 맞선 상대임을 직감하게 되고, 걸어오는 순간 이미 환호와 답답함으로 마음이 흔들린다.

그러나 막상 첫눈에 반해 줄줄 써질 거라고 생각했던 소재도 차츰 매력을 잃고 시들해지는 경우도 있고 대화를 하는 과정에서 매력을 발견하고 첫인상을 극복하듯 소재도 계속 바라보고 정이 들면 새록새록 예상했던 것과 다른 글이 나오기도 한다. 그래서 한 번 맞선을 본 소재는 버리지 않는다. 인연은 모두 소중하니 소재 창고에 잘 넣어 두고 종종 들여다본다.

나는 이때 평범한 소재와 독특한 소재를 편 가르기도 한다. 평범한 사람에게서 의외의 개성이 발견되고 개성이 강한 사람 속에서 의외로 편안함을 발견하여 매력을 느끼는 것처럼, 수필에서도 평범한 소재는 새로운 시각이나 표현으로 접근하여 신선하고 반가운 글이 되길 원한다. 독특한 소재를 다룰 때는 그 독특함 속에서 평범한 진리를 꺼낼 수 있는 혜안이 있어야 감동을 줄 수 있다.

소재가 선택되면 어떤 경험과 연결하여 자연스럽게 주제를 드러내야 할까를 고민한다. 화두를 갖고 심연 속으로 빠질수록 좋은 내용을 끌어 올릴 수 있다. 감동은 의식하지 않는 사이에 흡입하는 공기처럼 존재해야 하니 어떤 구성에 넣을 것인가가 중요하다.

구성은 사람의 마음을 끌고 다니는 핸들과 같다. 감정의 공회전을 주지 않기 위해 우회전과 좌회전 그리고 때로는 후진의 장치와 때로는 돌진의 장치로 긴장을 놓지 않게 하여야 한다. 엉뚱한 곳으로 끌고 가 본질을 잊게 한다든지 거칠게 끌고 가서 힘들게 한다든지 너무 천천히 데려가 답답증을 유발해서도 안 되기 때문에 전체적으로 그 글에 꼭 필요한 유기적 관계이었는가를 살펴야 한다.

그러나 흐름, 즉 구성이 처음부터 끝까지 잡히지 않으면 컴퓨터나 노트에 적어놓지 않는다. 활자화된 순간 그것은 내 의식을 고정화시켜 옴짝달싹 못하게 하므로 나는 자유롭고 싶다. 몇 날 며칠 딴청을 부린다. 멀쩡해 보여도 이때쯤 나는 허깨비로 사는 것이다. 그리움이 커져서 답답함이 극도에 닿고 숨이 차오르면 컴퓨터에 앉는다. 그리움은 상상력을 동원하는 힘을 지니고 안달을 부리는 모양이다.

문체는 자기 나름의 표현방법이라 글에서의 매력에 해당한다. 글을 돋보이게도 하고 아니면 시시하게 만들 수 있다. 말하는 사람의 '말투'와 같은 것으로 말할 때의 분위기에 따라 목소리의 톤과 표정을 달리하듯 문체도 글의 내용에 따라 조절을 할 수 있어야 하지만 꼭 이렇게 해야겠다고 해서 의도적으로 나오진 않는다. 그 사람의 성정과 분위기 그리고 성숙된 생각과 어휘의 수용 상태가 드러나는 것이니 그 사람을 가장 잘 드러내는 인상과 같은 것이다.

글이 다 써지고 나면 다듬는다. 전체의 글 흐름이 우선 자연스러운지 보고 나면 각 문장의 호흡이 맞는지 조사나 부사가 잘못됐는지 살핀다. 그리고 거친 표현과 너무 평범한 표현, 모호한 표현이 있는지 본다. 그러나 한 번에 보이지 않거니와 이미 내 글은 내 눈의 콩깍지 때문에 잘 보이지 않는다. 환기를 시켜야 한다. 며칠 후에 다시 보고 또다시 환기, 그리고 다시 보아야 한다. 때론 누군가에게 보여 주고 쓴 조언을 보약으로 참고 마셔야 한다.

머리가 핑그르르 할 때쯤 잊기로 작정한다. 다시는 안 볼 사람처럼. 그러면서도 부끄러워하고 그리워하는 것은 또 뭘까. 이때 나는 행복과 외로움의 띠를 친친 두르고 뒹굴며 소일한다.

좋은 수필을 쓰는 일이 정말로 쉽지 않다. 유명한 강사가 강연의 끝에 박수갈채를 받고 안 받는 일은 철저히 감동에 있다. 그만그만인 주제인데도 누군가가 하면 진부한 잔소리가 되고 누군가가 하면 감동의 박수를 받는 이유는 어느 하나만의 능숙함 때문이 아닐 것이다. 어느 것이었든 마음을 새롭게 건드려 주었기 때문일 것이다.

나는 수필을 쓰기 전에 평범한 하루 속에서 조금씩 새로워지려고 노력했는지를 점검한다. 그리고 묻는다. '오늘도 잔잔한 감동으로 하루를 살았느냐'고.

권현옥 : 고등학교 국어교사 역임, 한국문인협회 · 국제펜클럽 회원, 《현대수필》 편집위원, 수필집으로 『속살을 보다』 『갈아타는 곳에 서다』 등 다수

〈작품의 감상〉

수필을 쓰는 마음가짐과 쓰는 과정 등 수필쓰기 전반에 대해 작가의 산 경험을 통해 진솔하게 묘사했다.

서두에 시와 소설의 특징을 매력적인 문체로 비교하면서 수필의 장점을 넌지시 드러냈다. 중반에는 인생의 한 컷이 반짝 스치는 소재가 떠오르면 복권에 당첨된 것처럼 반갑게 여겨 소재 창고에 잘 보관하는 등의 소재 다루는 법을 소개했다. 그리고 그 소재를 어떤 경험과 잘 연결시켜 자연스럽게 주제가 드러나도록 구성하는 방법을 자동차의 핸들 장치에 비유하여 재치와 실감이 넘치게 묘사했다.

마무리에서는 퇴고하는 과정을 구체적으로 묘사했다. 눈에 콩깍지가 끼어 잘못된 곳을 지나칠 수 있으니 환기를 자주 시키고 자주 보아야 한다. 그래도 부족하니 타인에게 보여주고 쓴 조언을 보약으로 여기고 마셔야 한다. 이처럼 정성과 고뇌가 깃든 퇴고 과정을 거쳐야 명수필을 탄생시킬 수 있다는 교훈을 제시한다.

세련된 문장 만들기

하나의 글은 여러 개의 문장이 어우러져 탄생한다. 보다 멋지고 아름다운 글은 세련된 문장에서 비롯된다. 그렇다면 세련된 문장을 어떻게 만들 것인가. 그 비법을 제시한다. 눈여겨만 보아도 그럴듯하고 글쓰기에 자신감이 생길 것이다.

가. 우리말의 사용

우리말은 순수 우리말 단어와 한자어로 이루어졌다. 세련된 글에는 순수 우리말이 어울린다. 그러나 예로부터 우리말처럼 익숙해온 한자어를 적절히 쓰는 것도 무난하다.

적절한 생어生語의 사용

가급적 글에 신선감과 생명력을 불어 넣는 살아 있는 단어 즉 생어生語를 쓴다. 생어란 우리의 오감(시각, 청각, 후각, 촉각, 미각)을 자극하는 단어를 말하고 순수한 우리말에 많다.

〈오감 단어의 예시〉

- 시각 : 산, 하늘, 바다, 무지개, 잔디밭
- 청각 : 기침, 목탁, 천둥, 휘파람, 귀뚜라미
- 후각 : 비누, 땀, 숲 속, 비린내, 허브
- 촉각 : 가시, 면도날, 양털, 가죽, 마사지
- 미각 : 꿀, 식초, 된장, 석류, 막걸리

아무리 훌륭한 요리사라도 재료가 부족하면 맛있는 음식을 만들어 낼 수가 없다. 마찬가지로 우리가 좋은 글, 즉 맛있는 글을 쓰기 위해서는 우리의 오감을 자극하는 단어들을 풍부하게 간직하고 사용해야 한다. 말하자면 단어의 본질을 이루는 특징이나 속성屬性을 잘 이해할 필요가 있다.

예를 들어 '불'에 대한 속성을 알아보자. 어둠을 밝힌다. 훤하다. 태운다. 뜨겁다. 대운다. 익힌다. 녹인다. 상처를 낸다. 목숨을 잃는다. 무섭다. 잿더미로 만든다. 폐허가 된다. 붉은 색이다. 정열을 나타낸다. 욕망을 나타낸다. 아름답다. 물에 약하다. 추위를 가시게 한다. 지구를 덥게 한다……. 우리의 주변에서 얼마든지 다양하게 생각해

낼 수 있다.

이러한 단어의 속성들을 이해하고 의인화하면 오감을 자극하고 실감을 주는 글을 쓸 수 있다. 이를테면, '불이 산의 나무를 모두 태웠다'보다 '불이 산의 나무를 붉은 혀를 날름거리며 모두 삼켰다'가 독자의 감정을 자극하고 실감을 느끼게 한다.

또한 좋은 글쓰기는 주어에 잘 어울리는 서술어를 도출해내는 일이다. 가령 '시간'이라는 주어가 있다. 어떤 서술어가 떠오르는가?

시간이 많다, 적다, 느리다, 빠르다, 있다, 없다, 흐른다, 촉박하다 등은 우리 주위에서 일반적으로 쓰는 표현이다.

비록 시간은 눈으로 볼 수 없는 추상적인 단어이지만, 얼마든지 가시적 존재로 표현할 수 있다. 그 방법은 바로 앞에서 설명한 대로 '시간'이라는 단어를 살아 있는 생명체로 보고 오감을 불어 넣는 것이다.

예를 들면 시간이 무겁다, 쌓인다, 흐느낀다, 절명한다, 매끄럽다 등을 사용하면 보다 생동감이 있다. 그러기 위해서는 언어를 부수고, 쪼개고, 쥐어짜고, 읊조리는 등의 이른바, 단어의 섬세한 가공이 필요하다.

한자어漢字語는 필요 최소한의 사용

위의 생어와 대별되는 사어死語는 한자어로 구성된 추상어에 많다. 투쟁鬪爭, 협상協商, 성공成功 등은 한자어로 눈, 코, 귀, 입, 피부로 쉽게 느낄 수 없다. 대부분의 한자어는 사어이며 현장감과 생동감이 우리말에 비해 떨어진다. 어려운 한자어를 쓸수록 문장이 무겁고 딱딱해진다.

그렇다고 우리말의 70% 정도를 차지하는 한자어를 완전히 배제할 수는 없다. 어휘력을 기르고 단어를 다양하게 구사하기 위해서는 어느 정도 한자가 필요하다.

한자어를 쓸 경우도 신문 등의 매체나 잡지 등에서 일반적으로 쓰는 것은 무난하다. 부득이 생소하고 어려운 한자어를 쓸 경우는 괄호를 이용해 한자를 병기하는 배려가 필요하다.

다음의 예시와 같이 한자어를 우리말로 적절히 묘사하고 병기하면 보다 이해하기 쉽고 명료한 문장을 만들 수 있다.

- 여러 사람이 대동소이한 말만 되풀이하여 정말 따분했다.
  → 거의 같은
- 사업에 부족한 자본은 은행에서 대출하여 충당했다.
  → 모자란 밑천 빌려
- 단군 이래 최대의 역사라는 고속철이 완공돼 역사에 남다.
  → 역사役事 역사歷史

나. 불필요한 단어의 사용 자제

글을 다 써 놓고 읽어 보면 의미상 불필요한 단어나 어색한 문장들이 여기저기 발견된다. 놀랍게도 '내가 언제 이런 글을 썼던가?'

하고 반신반의하는 부분도 있다.

흔히 멋을 부린 문장에서 자주 나타난다. 어딘지 모르게 어색한 느낌을 주는 문장은 불필요한 단어나 저속한 단어가 쓰인 것이다. 과감하게 삭제하거나 품위 있는 단어로 고치는 노력이 필요하다. 글쓴 사람이 어색하게 느껴지는 문장은 독자에게는 더욱 어색하고 심하면 반감을 줄 수도 있기 때문이다.

접속어

잘 쓴 글인지 아닌지를 외관상으로 쉽게 가려내는 척도로 접속어의 남발을 들 수 있다. '그리고, 그런데, 그래서, 따라서, 그러므로' 등은 우리가 흔히 쓰는 접속어다. 접속어를 문장의 연결고리처럼 자주 사용하는 것은 좋지 않다. 글쓰기 초보자일수록 접속어가 없으면 무언가 빠진 듯한 허전함을 느껴서 그런지 남용하게 된다.

접속어를 지나치게 많이 쓰면 글의 긴장감을 떨어뜨리고 산만하게 보인다. 반대로 접속어 사용을 최소한으로 하면 글에 힘이 실리고 간결하다. 이를 쉽게 실천할 수 있는 방법은 접속어를 빼고 문장을 이어나가는 것이다. 그때 이상하지 않고 자연스러우면 굳이 쓸 필요가 없다.

아래의 문장에서 '그래서', '그러나'는 불필요한 접속어다. 이들 접속어를 생략함으로써 보다 간결하고 명료한 문장이 된다.

• 어제는 비가 하루 종일 많이 내렸다. 그래서 오늘 아침 출근길이 막혔다. 그러나 다행히 회의시간에는 늦지 않았다.

→ 어제는 비가 하루 종일 많이 내렸다. 오늘 아침 출근길이 막혔다. 다행히 회의시간에는 늦지 않았다.

복수의미의 단어

이야기를 할 때나 글을 쓸 때도 우리는 흔히 복수의미를 지니는 '들'을 지나치게 사용한다. 심지어 '수고들 하세요. 사람들이 많이들 모였구나. 글을 잘들 썼다.'라는 식으로 동사나 부사에도 '들'을 사용하는 경우도 있다.

원칙적으로 명사나 대명사에는 사용할 수 있지만 동사나 부사에는 사용할 수 없다. 명사, 대명사라 해도 문장 내 다른 단어로 복수임을 분명히 알 수 있을 경우는 '들'의 사용을 자제하는 것이 좋다. 중복적으로 복수를 나타내어 굳이 산만한 문장으로 만들 필요가 없다.

아래의 문장의 '들'은 불필요한 것으로 삭제하는 것이 좋다.

- 나는 지금까지 미국을 비롯하여 10여 개의 나라들을 여행했다. (10여 개가 복수를 나타내고 있음)
- 어느 누구나 모든 사람들은 언젠가는 죽기 마련이다. ('모든'이라는 단어가 복수를 나타내고 있음)
- 서울 세종로 광화문거리가 관광객들로 붐비고 있다. ('관광객'이라는 단어 자체가 복수의 의미를 나타내고 있음)

또한, 수량명사에 '수'를 덧붙여 쓰지 않도록 한다.

- 가구수 → 가구, 식구수 → 식구, 인구수 → 인구, 인원수 → 인원

동일 · 유사단어

'좋은 말도 세 번하면 듣기 싫다.'고 한다. 글에서는 더욱 그렇다. 무심코 글을 써 내려가다 보면 같은 단어를 자주 쓰게 된다. 방금 전에 나왔던 단어가 또 반복되면 산만하고 글의 신선도가 떨어진다. 특히 한 문장 내에서 같은 단어와 구절이 중복되는 것은 피하도록 한다.

아래의 문장은 동일 · 유사 단어가 중복된 것으로 삭제하는 것이 좋다.

- 이른 아침이라 사람들이 별로 없지만 좀 지나면 사람들이 많을 것이다. (나중에 나온 중복 단어를 삭제)
- 예기치 못한 갑작스런 주가하락으로 회사가 도산될 위기다. ('예기치 못한'과 '갑작스런'은 유사한 뜻으로 어느 한쪽을 삭제)

글의 내용상 '말했다'라는 표현이 불가피한 경우라도 '말했다'가 문단이나 글 중에 자주 쓰이는 것은 따분한 느낌을 준다. '지적했다, 강조했다. 주장했다, 밝혔다' 등으로 적절히 바꾸어 쓰는 것이 좋다.

- 그는 우리의 국방태세에 문제가 많다고 말했다. 특히 군의 안보의식이 낮다고 말했다. 무엇보다도 정신교육을 강화해야 한다고 말했다.
  → 지적했다 → 강조했다

또한 영어 Have 동사의 영향을 받아서 그런지 문장 중에 '가지다, 갖다'를 자주 쓰는 경향이 있다. 아래와 같이 '하다, 열다, 있다' 등으로 적절히 구사하면 더욱 현장감이 있어 보인다.

- 내일은 글쓰기에 대한 인터뷰를 갖는 날이다. (하는)
- 경찰청이 대대적으로 교통질서 지키기 행사를 갖는다. (연다)
- 이산가족 상봉은 남북교류에 좋은 효과를 갖는다. (가 있다)

중복 의미를 지닌 단어

앞의 수식어와 바로 다음의 단어가 같은 의미로 중복되게 쓰는 경우가 의외로 많다. 앞의 수식어는 쓰지 않는다.

- 기다란 기차가 한강철교를 달린다. → 기차가 한강철교를 달린다.(기차는 원래 긴 모양임)
- 밤새 흰 눈이 많이 내려 소복이 쌓였다. → 밤새 눈이 많이 내려 소복이 쌓였다.(눈은 원래 흰색임)
- "넌 사람도 아니야!" 하고 그가 성나서 외쳤다. → "넌 사람도 아니야!" 하고 그가 외쳤다.(내용상 성난 상황임)

물결기호(~)는 무엇부터 무엇까지(내지)를 나타내고 있어 유사개념인 '약, 정도' 등과 함께 쓰지 않는다.

- 매월 봉급의 약 10~20%를 용돈으로 쓴다.(10~20%)
- 국민의 50~60% 정도의 지지를 받으면 된다.(50~60%)

'주다, 내주다'의 뜻을 갖는 명사인 '제공, 제출, 접수, 교부, 지급, 수여, 부여' 등에 동사인 '받다'나 '주다'가 붙으면 의미의 중복이므로 앞의 명사를 생략한다.

- 예식장에서 선물을 <u>제공 받았다</u>.(받았다)
- 직장에서 봉급을 <u>지급해 주었다</u>.(주었다)

'~인지, 는지, 일지' 등의 의문이나 추측을 나타내는 연결어미나 '진위, 당락, 성패' 등 어느 쪽인지를 암시하고 있는 단어 다음에 '여부'를 쓰지 않는다.

- 요즈음 경기가 좋아지고 <u>있는지 여부</u>를 확단하기 어렵다.(있는지)
- 그 소문의 <u>진위 여부</u>는 아무도 모른다.(진위)

객관성이 결여된 단어

판단기준이 막연하여 객관성을 잃게 하는 문장을 만들어서는 안 된다. 특히 논리를 따지는 글에서는 과장되거나 객관성을 상실할 수 있음으로 되도록 쓰지 말아야 한다.

다음의 표현은 일상 대화에서 평범하게 쓰이고 있는 것들이지만 사람에 따라 그 인지도가 다르므로 글쓰기에서는 자제하는 것이 좋다.

- 굉장히, 상당히, 무지하게, 엄청나게 등의 과잉 부사
- 초특급, 완전무결, 최단 시일 등 최상급 표현명사
- 한심한, 역겨운, 주제넘은 등의 수식어

품격을 떨어뜨리는 단어

사람을 차별하거나 업신여기는 등의 기피해야 할 말, 즉 금기어는

사용하지 말아야 한다. 이것을 무시하고 사용하면 인간성이나 품성을 의심받을 수 있고 글의 공정성에도 흠이 간다. 건전하고 기분 좋은 표현을 써 상대방이나 독자를 배려하고 품격을 높이는 게 글쓴이의 기본 매너이다.

다음의 예시와 같이 금기시하는 단어는 예사 단어로 고쳐 쓰거나 쓰지 않는다.

- 인종·특정국의 비하 : 검둥이 → 흑인, 튀기 → 혼혈아
  코쟁이 → 서양인, 쪽발이 → 일본인 등
- 끔찍한 표현 : 목 잘리다 → 해고되다, 목매달다 → 집착하다
  피 튀기는 → 치열한 등
- 직업을 낮춘 말 : 딴따라 → 연예인, 글쟁이 → 문학가, 수위 → 경비원
  구두닦이 → 구두미화원, 청소부 → 환경미화원
  중 → 스님, 말단공무원 → 일선공무원 등
- 신체장애 조롱 : 절름발이 → 지체장애인, 벙어리 → 언어장애인,
  귀머거리 → 청각장애인, 봉사·소경 → 시각장애인 등
- 저속어 : 꼴통, 대가리, 죽을 쑤다, 물 먹이다, 쪽팔리다 등
- 특정 종교적 표현 : 주일主日, 하나님(개신교), 하느님(천주교) 등

다. 단어의 적절한 배치

한 문장을 구성하는 요소 즉 단어의 적절한 배치야말로 좋은 글쓰기의 기본이다. 주어와 동사·목적어·술어는 서로 호응하도록 배치

한다. 문장 내에 단어나 수식어, 구절 등을 배열할 때는 같은 성격이나 구조가 되도록 순서와 균형을 맞추어야 한다. 또한 지나치게 단어를 생략하여도 내용 전달에 문제가 생기므로 주의해야 한다.

호응이 맞는 단어의 연결

단어에 따라 특정한 어휘와 결합하려는 성질이 있다. 따라서 그에 맞는 단어를 골라 써야 호응이 잘 맞고 문장도 돋보인다.

- 내일 비가 올 가능성이 높다.(낮다, 있다, 없다 등)
- 만약에 내가 너라면 그런 일은 안 했을 것이다.
- 너는 오지랖이 넓어서 탈이다.('오지랖이 넓다'란 관용어)
- 쥐뿔도 모르는 사람이 아는 체한다.('쥐뿔도 모른다'란 관용어)

어순이 맞는 단어의 연결

주어와 동사·목적어, 수식어와 피수식어의 배치가 잘못되면 그 뜻이 이상하고 혼돈이 따른다. 특히 주어가 생략된 문장에서 주의해야 한다.

- 우리나라를 IT 강국으로 발전해 갈 수 있다.(주어가 생략된 것으로 '발전해 가다'는 어울리지 않음)

  → 우리나라를 IT 강국으로 발전시킬 수 있다.
- 모든 공공장소의 화장실이 쾌적하게 바뀐다.(주어가 생략된 것으로 화장실을 목적어로 해야 함)

  → 모든 공공장소의 화장실을 쾌적하게 바꾼다.

• 대통령이 축구 4강전에 출전하기 위해 모인 선수들을 격려하고 있다.(대통령이 축구 4강전에 출전하는 것처럼 오해의 소지가 있음)

→ 축구 4강전에 출전하기 위해 모인 선수들을 대통령이 격려하고 있다.

• 저의 글에 대해 솔직하고 냉정한 선생님의 평가를 바랍니다. (냉정한 선생님으로 오해의 소지가 있음)

→ 저의 글에 대해 선생님의 솔직하고 냉정한 평가를 바랍니다.

생략한 단어의 부가 연결

단어가 생략되어 내용이 애매한 경우가 있다. 다음 예시는 단어의 소관 범위가 잘못된 문장들이다.

• 신세대 여자의 욕망은 남자보다 크다.(비교의 대상이 되는 단어(욕망)가 부가 되어야 함)

→ 신세대 여자의 욕망은 남자의 욕망보다 크다.

• 프랑스 파리와 영국 런던, 독일을 여행했다.(독일도 도시 이름을 부가하여 균형을 맞추어야 함)

→ 프랑스 파리와 영국 런던, 독일 뮌헨을 여행했다.

• 학생의 부담과 교육재정만 축내고 있다.(학생의 부담까지 축낸다는 의미로 연결이 잘못됨)

→ 학생의 부담을 가중시키고 교육재정만 축내고 있다.

다음 예시는 단어가 생략되어 매우 엉뚱하고 이상한 뜻을 나타낸다. 그럼에도 그냥 지나쳐버리기 쉬우니 특히 주의해야 한다.

• 신이 나서 노래와 춤을 추었다.('노래를 추었다'는 표현은 이상함)

→ 신이 나서 노래를 부르고 춤을 추었다.

• 푸른 산과 맑은 물이 흐르는 내 고향산천.('푸른 산이 흐르는' 표현은 이상함)

→ 푸른 산이 있고 맑은 물이 흐르는 내 고향산천.

• 인간은 자연을 지배하기도 하고 복종하기도 한다.('인간은 자연을 복종하기도 한다'는 표현은 이상함)

→ 인간은 자연을 지배하기도 하고 자연에 복종하기도 한다.

라. 어색한 어구 사용 자제

문장의 내용이나 문법적으로 별 문제가 없지만 단어나 문구에 따라 어색한 문장이 될 수도 있다. 어색한 문장은 혼란스럽고 간결하지 못하다. 세련된 문장을 만들기 위해서는 그 사용을 자제해야 한다.

서술어를 명사형화

서술어를 명사형(~함)으로 만들어 쓰는 경우가 많다. 딱딱하고 자연스럽지 못하다.

• 뉴스가 정확함이 없다 → 정확하지 않다

• 이 아파트는 편안함이 좋아요 → 편안해서

• 나쁘게 생각함으로써 오해를 산다 → 생각하니

한자식 접미사와 연결 문구

언뜻 고상하게 보이지만 무겁고 매끄럽지 못한 느낌을 준다. 한자식 표현이므로 순수 우리말로 고쳐 쓰는 것이 한결 부드럽다.

〈한자식 접미사〉

- ~감感 : 기대감 속에 → 기대를 갖고, 자신감 있게 → 자신 있게
- ~적的 : 사회적 관심 → 사회의 관심, 대외적으로는 → 밖으로는
- ~리裡 : 성황리에 → 성대히, 평화리에 → 평화롭게
- ~상上 : 내용상 → 내용에, 형식상으로는 → 형식에는
- ~시視 : 금기시하다 → 꺼림칙하게 여긴다, 적대시하다 → 적으로 여긴다
- ~하下 : 상황 하에서 → 상황에서, 판단 하에 → 판단으로
- ~한限 : 가능한 한 → 되도록이면, 없는 한 → 없다면

〈한자식 연결 문구〉

- 그는 자신의 실수에 대해 외면하려 한다(를)
- 남북 관계에 있어서 가장 쟁점은 핵 문제이다(에서)
- 국가는 국민의 세금을 통해서 운영된다(으로)
- 일기예보에 의하면 내일 비가 온다(따르면)
- 스트레스로 인해서 머리가 아프다(로)
- 건강으로부터 보람찬 삶을 이룰 수 있다(에서)

불필요한 서술어의 덧붙임

문장의 끝마무리에 불필요한 단어를 덧붙여 길게 늘어뜨리는 경우다. 강조하는 의미가 다소 있기는 하지만 이해에 혼선을 주고 간결치 못하다.

'가지다, 되어지다, 보이다, 이루어지다, 시키다' 등의 서술어를 불필요하게 쓰고 있는데 다음과 같이 명료하게 바꾸어 쓰는 것이 좋다.

- 기자회견을 가졌다 → 했다
- 방송이 계속되어지다 → 되다
- 양보할 것으로 보인다 → 이다
- 남북통일이 이루어지면 → 되면
- 업무를 개선시켰다 → 했다

다음과 같이 복수의 서술어를 덧붙여 문장의 끝을 길게 늘어뜨리면 더욱 산만하고 매끄럽지 못한 글이 되므로 삼가해야 한다.

- 시간은 돈이라고 하겠다(임을 알 수 있다, 이 아닐 수 없다)
  → 이다
- 수해예방에 대비하지 않으면 안 된다
  → 해야 한다
- 응답자가 10%에 불과한 실정이다(불과한 것이 현실이다)
  → 불과하다
- 우승할 가능성을 보여주고 있다(가능성을 가지고 있다)
  → 이 가능하다
- 화재는 낙뢰에 기인한 것이다(말미암은 것이다, 빚어진 것이다)
  → 가 원인이다

• 경기지표가 물가상승 우려를 자아내고 있다

→ 우려된다

• 풍년이 들어 기쁘게 생각한다(기쁜 것 같다, 기쁜 마음이다)

→ 기쁘다

• 그 꽃은 볼수록 아름다운 느낌이 든다(것 같다, 마음이다)

→ 아름답다

• 가정은 행복의 보금자리가 아닌가 싶다

→ 이다

• 아기가 그렇게 예쁠 수가 없다

→ 참 예쁘다

마. 동사의 시제 사용에 유의

글쓰기의 전문가들도 동사의 시제 사용에 소홀히 하는 경향이 있다. 문장 중에 피동형, 사역형, 현재진행형, 과거완료형을 쓰면 매끄럽지 못하다. 보다 세련된 문장을 위해 다음 사항에 유의해야 한다.

〈피동형〉

우리말은 영어와 달리 능동형 중심이어서 문법적으로 수동형으로 변화시키는 등의 형식이 없다. 능동형이 피동형보다 문장이 짧고 내용도 분명하게 나타내면서 활기를 불어넣는다.

아래의 예시는 자주 쓰이는 피동형을 든 것인데 능동형으로 바꾸어 쓰는 것이 좋다.

- 승강장에서 승객을 구한 청년에게 포상이 주어졌다.(을 했다, 주었다)
- 구조조정이 이루어질 경우 인력이 1/3로 준다.(을 할, 을 이룰)
- 남북경협은 보다 신중한 선택이 요구된다.(신중하게 선택해야 한다)
- 서민을 위한 복지정책이 수립되어야 한다.(을 수립해야 한다)
- 데모군중의 강경진압으로 물의가 빚어지다.(물의를 빚다)

〈사역형〉

접미사 '시키다'를 명사 다음에 사용하면 남으로 하여금 하게 하는 사역형이 된다. 자기가 직접 행동하는 것이 아니라 남에게 행동을 하도록 만드는 것이다. 자칫 올바른 표현 같지만 잘못 쓸 경우도 있어 주의해야 한다.

다음의 예시는 자기의 행동도 타인에게 시킨 것처럼 잘못 쓴 것이다. '시키다' 대신에 '하다'를 써도 의미가 제대로 통하면 사역형을 쓰지 않는 것이 좋다.

- 오늘 백화점 주차장이 꽉 차서 주차시키느라 힘들었다.(하느라)
- 각종 유사 정책을 연관시키기 위한 정부의 노력이 필요하다.(하기)

〈현재진행형〉

문장의 현실감과 박진감을 살리기 위해 단순한 현재시제를 현재진행형으로 쓰는 경우가 많다. '~고 있다'로 동작이 진행 중임을 나타낸다. 이런 표현은 사건이 발생한 현장 등에서는 긴장감을 불어

넣을 수 있지만, 일반적인 문장에서 쓰면 오히려 지루해질 수 있다.

다음의 예시와 같이 현재진행을 단순하게 표현하는 것이 보다 간결하고 이해하기 좋다.

- 지역 주민 센터에서 각종 문화강좌를 개설하고 있다. (한다)
- 다음 해에는 금년보다 경기가 좋아질 것으로 예상되고 있다. (된다)

〈과거완료형〉

우리말에서 일반적으로 과거시제를 나타낼 때에는 동사의 어미에 '았다(었다)'를 쓰면 그 뜻이 잘 통한다. 과거완료형으로 '았었다(었었다)'식으로 사용하면 어딘지 모르게 딱딱하고 부자연스럽게 느껴진다.

다음의 예시는 단순한 과거시제를 과거완료로 쓴 것으로 단순 과거형으로 바꾸어 쓰는 것이 좋다.

- 직장에 다닐 때는 동료들과 가끔씩 술을 거하게 마셨었다. (마셨다)
- 다음 주 토요일의 등산모임에 나오라고 총무가 말했었다. (말했다)

바. 기타 세련된 문장에 유의할 단어 · 표현

숫자개념 사용 시

수필 등의 일반적인 글쓰기에서 숫자가 자주 나오거나 상세히 나열되면 독자에게 딱딱하고 복잡한 이미지를 준다. 또한 숫자를 부정확하게 썼을 때 독자를 오판하게 하고 글쓴이의 신뢰를 의심케 한다. 따라서 반드시 써야 할 경우를 제외하고는 가급적 숫자를 쓰지 않는 편이 좋다.

부득이 숫자를 쓸 경우도 일 단위까지 복잡하고 상세히 표현하는 것보다 내용에 적절한 숫자개념으로 단위를 줄여 쓰는 것이 간결하고 이해하기 쉽다. 특히 숫자의 비율(%)이라든가 배수倍數를 나타낼 때는 잘 계산하여 정확하게 나타낸다.

• 굳이 말하자면 나의 한 달 용돈은 987,500원이다.

→ 용돈이 100만 원 정도라고 하는 편이 내용상 문제없고 간명함

• 용돈 중 문화비가 5만 원에서 15만 원으로 300%(3배) 증가.

→ 증가한 비율과 배수를 말한 것으로 200%(2배)가 맞음

• 임원의 과반수 이상이 찬성하여 사업승인이 결정되었다.

→ 과반수 자체가 반을 넘는 개념이기에 이상을 쓸 필요 없음

명사 + 화化 개념 사용 시

우리가 흔히 쓰는 표현인 민주화, 정보화, 국제화, 세계화 등과 같이 '명사'에 '화'를 붙여 동사나 형용사로 만들 수 있다. 그러나 모든 명사에 무턱대고 써서는 안 된다. 원칙이 있다. '명사'에 동사 '하다'를 붙여서 동사나 형용사로 만들 수 없는 단어에만 쓸 수 있다.

• 인터넷 사업이 가속화될수록 우리는 고유문화를 잊어간다.(틀림)

→ '가속하다'는 동사를 만들 수 있음으로 '화'를 붙일 수 없음

• 김치와 된장국의 정통 한식으로 체질화된 몸이라 건강하다.(맞음)

→ '체질하다'는 동사를 만들 수 없음으로 '화'를 붙일 수 있음

중의성 개념 단어 사용 시

의존명사 '것'은 명사처럼 만드는 기능을 하기도 하고, 행위나 사실 자체를 나타내기도 하여 애매한 중의성을 띠는 경우가 있다. 무엇을 의미하는지 정확히 알 수 있도록 표현해야 한다.

• 그가 말하는 것이 이상하다.(말하는 모양이 이상한지, 말하는 사실 자체가 이상한지)

→ 그가 말하는 모양이 이상하다. 그가 말하는 사실이 이상하다.

또한 부정표현의 문장에 수량을 나타내는 부사 '다, 모두, 조금, 많이' 등이 쓰이면 부정 의미에 그 부사가 포함될 수도 있고 그렇지 않을 수도 있다. 명확한 의미가 되도록 표현해야 한다. 이 경우 부정표현의 술어에 보조사 '는'을 붙이면 부분 부정의 의미가 있다.

• 연말 송년회 모임에 참석자가 다 오지 않았다.(참석자가 한 사람도 오지 않았는지, 오긴 왔는데 다 오지 않았는지)

→ 연말 송년모임에 다 오지는 않았다.(참석자가 오긴 왔는데 다 오지 않았음)

경어 사용 시

용언(동사와 형용사)마다 존칭의 뜻으로 '~시~'를 중복 사용하면 더욱 높이는 말 같으나 옳지 않다. 지나친 존대는 오히려 문장을 산만하게 한다. 용언이 중복될 경우 마지막 용언에만 경어 표현인 '~시~'를 쓴다. 또한 존칭의 조사 '~께, ~께서'의 사용도 용언에 '~시~'를 사용한 이상 충분히 존대한 것임으로 '~이, ~가, ~에게(한테)' 등을 쓰는 것이 자연스럽다.

• 부모님께서는 고향에서 농사를 지으시며 사신다.

→ 부모님은 고향에서 농사를 지으며 사신다.

• 사장님께 회사의 홍보방안을 보고 드렸는데 칭찬해 주셨다.

→ 사장님에게 회사의 홍보방안을 보고했는데 칭찬해 주셨다.

관례적으로 잘못 써온 단어 사용 시

언제부터인지 잘못 써온 단어들을 무심코 그냥 쓰고 있다. 좀 색다른 단어를 쓰고자 할 때에는 사전을 찾아보는 등 확인하여 올바르게 쓴다.

다음은 잘못 쓰고 있는 일반 단어의 예문을 든 것이다.

• 그는 아버지의 유명세有名稅 때문에 친구들로부터 부러움을 받았다.

→ 유명한 탓에 불편과 곤욕을 당하는 나쁜 의미인데 좋은 의미로 씀

• 이번 문학기행 해외행사는 참가서류를 이달 말까지 접수接受하면 된다.

→ 접수는 받아들임의 의미인데 제출의 의미로 잘못 쓰임

• A씨는 약관弱冠 30세에 국회의원이 된 사람으로 명성을 날렸다.

→ 약관은 남자의 나이 20세 또는 20세 전후의 의미로 잘못 쓰임

• 모처럼만에 친구와 만나 정겹게 술자리를 가졌다.

→ 모처럼 자체가 '아주 오래간만에' 란 뜻이므로 모처럼이 적합

• 어제 오후에 우연찮게 광화문거리에서 직장 상사를 만났다.

→ '우연하지 아니하다'란 뜻이므로 우연하게가 적합

• 아기가 너무 예뻐서 꼭 안아주고 싶었다.

→ '일정한 정도에 지나치게'란 부정적인 뜻으로 매우, 참 등이 적합

글을 쓸 때에 적절한 고사성어故事成語를 곁들이면 표현도 풍부해지고 그 의미 전달의 묘미가 더해진다. 네 개의 한자로 구성되어 있어 사자성어四字成語라고도 한다. 이들 단어는 옛 사람들이 만든 말로 대부분 어떤 사연이 얽혀 있기 때문에 원래의 뜻을 제대로 알고 써야만 제 역할을 할 수 있다. 다음은 잘못 쓰고 있는 고사성어의 예문을 든 것이다.

- 선거 때 유권자가 후보들의 옥석구분玉石俱焚을 잘해야 한다.

  → '착한 사람과 악한 사람이 함께 화를 당한다.'는 뜻으로 부적당함

- 내일은 산수갑산山水甲山에 갈망정 우선 마음껏 마시고 보자.

  → '몹시 어려운 지경을 의미'한 삼수갑산三水甲山을 잘못 쓴 것임

- 국회에서 여당과 야당의 논쟁이 점입가경漸入佳境이다.

  → '갈수록 좋거나 재미있는 경지로 들어간다.'는 뜻으로 부적당함

- 선진국의 문화수준을 타산지석他山之石으로 삼아야 한다.

  → '실패나 좌절을 본보기로 하여 도움이 되게 한다.'는 뜻으로 부적당함

적절한 수사법의 응용

개성 있는 문체와 격조 높은 화법을 구사하기 위해서는 수사법의 응용이 필요하다. 수사법은 그 표현 방법에 따라 '비유법, 강조법, 변화법' 이렇게 세 가지가 있다. 수사법을 쓸 때에는 신선하고 독창적이어야 한다. 다양한 수사를 구사하는 것보다는 정확한 수사를 구사해야 한다.

지나치게 현란하고 어설픈 수사는 어색하고 문장만 산만하게 만들어 거부감을 준다. 문장에 겉멋을 내기 위해 여기저기 수사법을 자주 쓰면 안 쓴 것만 못하다.

다음은 글쓰기에 주로 쓰이는 수사법을 소개한 것이다.

가. 비유법比喩法

표현하고자 하는 대상을 다른 유사성 있는 대상과 연계하여 표현하는 방법이다. 여기에는 직유법, 은유법, 활유법 등이 있다.

직유법 : 어떤 사물의 대표성이나 유사성을 토대로 직접 비교하여 동일한 이미지를 만들어 낸다. '처럼, 같이, 인양, 듯이' 등의 조사가 매체로 쓰인다.

- 그녀는 칼날처럼 예리한 목소리로 대꾸했다.
- 소매치기는 바람같이 눈 깜짝할 사이에 사라졌다.
- 그는 무엇이든 전문가인 양 아는 체를 했다.
- 죽은 듯이 고요한 시골의 밤길을 혼자 걸었다.

은유법 : 표면적인 유사성이 아니라 내면적인 동일성을 나타낸다. 적절한 단어들의 조합으로 문장을 심오하고 운치 있게 하며 설득력을 높여준다.

- 출근길의 전철 안은 그야말로 지옥과 같다.
- 저 푸른 초원 위의 벽돌집은 꿈에 그리던 보금자리이다.

활유법 : 무생물을 생물처럼 표현하거나 사람이 아닌 것을 사람처럼 표현하는 방법이다.

- 바다가 하얀 이빨을 드러내며 포효하고 있다.
- 수양버들이 봄바람에 머리카락을 풀어헤치고 둑길에 서 있다.

나. 강조법强調法

표현하고자 하는 내용을 보다 부풀리고 돋보이게 하여 독자에게 강한 인상을 남기고자 할 때 쓰인다. 과장법, 반복법, 점층법 등이 있다.

과장법 : 어떤 사물이나 상태를 실제보다 부풀려 표현하는 방법이다. 해학적이거나 풍자적인 문장에 주로 쓰인다.

- 한 여자가 남산만 한 배를 내밀고 걸어가고 있다.
- 저놈은 벼룩의 간을 빼먹을 놈이다.

반복법 : 같은 단어나 비슷한 어구를 되풀이하여 의미를 강조하는 표현 방법이다.

- 하루 종일 자고 자고 또 잤다.
- 울고 싶어라. 울고 싶어라. 울고 싶어라.

점층법 : 같거나 비슷한 단어나 어구를 서로 겹치게 하여 정도를 점점 강화시키고 고조시키는 표현 방법이다.

- 때려라. 때려라. 피투성이가 되도록 때려라.
- 떠나간다. 떠나간다. 뱃고동소리도 요란히 떠나간다.

다. 변화법變化法

표현의 단조로움을 피하고 새롭게 돋보이는 등의 변화를 주고자 할 때 쓰인다. 설의법, 돈호법, 대구법 등이 있다.

설의법 : 질문의 형식을 가지면서도 대답을 바라지 않는 이른바, 단정하는 질문이다. 설득을 유도하는 문장에 주로 쓰인다.

- 공부 잘한다고 다 모범생인가요.
- 어린 자식이 부모의 마음을 어찌 알겠습니까.

돈호법 : 현존하지 않는 인물이나 어떤 추상적 대상을 마치 현존하는 것처럼 부르는 표현 방법이다. 애원이나 당부, 고백 등의 문장에 주로 쓰인다.

- 운명의 신이시여, 제발 로또 복권에 당첨되게 하소서.
- 어느새 중년에 접어들게 한 세월아, 이제 좀 천천히 가자꾸나.

대구법 : 문장의 구조가 서로 같거나 비슷한 두 문장을 서로 짝을 이루도록 구성하는 표현 방법이다. 문장의 변화와 안정감을 주는 데 주로 쓰인다.

- 다람쥐는 나무를 잘 타고, 두더지는 땅을 잘 판다.
- 군자는 개떡 같은 말을 듣고도 천금 같은 진리를 깨닫고, 소인배는 천금 같은 말을 듣고도 개떡 같은 생각을 한다.

대조법 : 앞뒤에 서로 상반되는 뜻을 지닌 문장을 대비시켜 그 차이점을 강조하고 명백히 하는 표현 방법이다.

- 여자는 약하나 어머니는 강하다.
- 용의 꼬리가 되기보다는 차라리 뱀의 머리가 되고 싶다.

명수필의 감상

글을 잘 쓰는 비법이 있다면 무엇일까? 필자는 남의 좋은 글을 많이 읽고 자신의 글을 많이 쓰는 노력이라고 힘주어 말하고 싶다. 일반 독자는 남의 글을 읽고 재미를 느끼고 마음의 수양이나 교훈을 얻으려 한다.

글을 쓰는 사람, 특히 글을 잘 쓰려고 노력하는 사람은 남의 글을 읽으며 자신의 글과 비교한다. 좋은 내용이나 문장은 체크하고 메모해두었다가 글을 쓸 때에 참고한다. 제1장의 「글쓰기의 기본자세」에서도 언급했지만 대가들의 솜씨가 담긴 글을 자신의 뜻이나 취향에 맞게 응용할 줄 아는 것도 글쓰기의 능력이다.

글쓰기의 초보자일수록 남의 좋은 글을 많이 읽고 글쓰기에 참고하는 노력이 필요하다.

여기에 수록한 5편의 작품은 필자가 글쓰기 공부를 하면서 감명깊게 읽은 글 중에서 특별히 선정한 것이다. 필자가 매우 좋아하는 글이기도 하지만, 고등학교 문학교과서 등에 실릴 만큼 명수필이다. 읽고 감상할수록 마음이 편안하고 삶의 진리와 교훈을 주는 주옥같은 글이다.

독자들도 이 글을 본보기로 삼아 여러 번 읽고 감상했으면 좋겠다. 그러면 글쓰기 공부는 물론 인격수양에도 많은 도움이 될 것이다.

다음 순서대로 5편의 명수필을 읽고 감상해 나간다.

『도마뱀의 사랑』(이범선)

『꼴찌에게 보내는 갈채』(박완서)

『무소유』(법정)

『광화문 꽃밭』(노재현)

『등나무집 형님』(반숙자)

도마뱀의 사랑

- 이범선

일본에서 실제 있었던 이야기라고 한다. 어떤 사람이 집을 수리하기 위해서 뜯었다. 일본 집의 벽이라는 것은 그들의 말로 소위 '오가베'라 하여 가운데에 나무로 얼기설기 대고 양쪽에 흙을 발라 만들어 속이 비어 있게 마련이다.

그런데 그 벽을 뜯다 보니까 벽 속에 한 마리의 도마뱀이 갇혀 있더라는 것이다. 그 도마뱀은 그저 보통 갇힌 것이 아니라 어쩌다가 벽 밖에서 안으로 박은 긴 못에 꼬리가 물려 꼼짝도 못하게 박혀 있더라는 것이다.

집주인은 그 도마뱀이 가엽기도 하려니와 약간 호기심이 생겨 그 못을 조사해 보았다. 집주인은 놀랐다. 그 도마뱀의 꼬리를 찍어 물고 있는 못이 바로 십 년 전 그 집을 지을 때 벽을 만들며 박은 못이었던 것이다.

그렇다면 어떻게 되는 것일까? 그 도마뱀은 벽 속에 갇힌 채 꼼짝도 못하고 십 년을 살아온 셈이다. 캄캄한 벽 속에서 십 년간! 그건 정말 놀라운 일이 아닐 수 없다.

캄캄한 벽 속에서 십 년간이란 긴 세월을 살았다는 것도 놀랍다. 그런데 그렇게 꼬리가 못에 박혔으니 한 걸음도 움직일 수 없는 그 도마뱀이 도대체 십 년간이나 그 벽 속에서 무엇을 먹고 산 것일까? 굶어서? 그럴 수는 없다.

집 주인은 벽 수리 공사를 일단 중단했다. '이놈이 도대체 어떻게 무엇을 잡아먹는가?' 하고……. 그런데 어떤가. 얼마 있더니 어디서 딴 도마뱀 한 마리가 먹이를 물고 살금살금 기어 오는 것이 아닌가.

집 주인은 정말로 놀랐다. 사랑! 그 지극한 사랑! 그 끈질긴 사랑! 그 눈물겨운 사랑! 그러니까 벽 속에 꼬리가 못에 찍혀 갇혀버린 도마뱀을 위하여 또 한 마리의 도마뱀은 십 년이란 긴 세월을 비가 오나 눈이 오나 한결같이 먹이를 물어 나른 것이다.

그 먹이를 물어다 준 도마뱀이 어미인지, 아비인지, 그렇지 않으면 부부간 혹은 형제간인지, 그것은 알 길이 없다. 그러나 그것을 반드시 알아야 할 필요는 없다. 나는 그 말을 듣고 그 숭고한 사랑의 힘에 뭉클했다.

이범선(1920~1981) : 소설가이며 호는 학촌鶴村, 대표작으로 『학마을 사람들』 『오발탄』 등 다수, 월탄문학상·동인문학상 등 수상

〈작품의 감상〉

사랑의 숭고함을 주제로 한 매우 감격적이고 충동을 주는 경수필이다. 미물인 도마뱀에게도 끈질기고 눈물겨운 사랑이 있다는 것, 정말이지 대단히 희한한 일에 독자를 이끌리게 한다. '오랜 병에 효자 없다'는 세상사를 은근히 자각케 하는 감동적인 글이다.

이 작품은 비록 전해들은 이야기를 전달하는 식의 짧은 내용이지만 매우 희한한 소재로 독자의 흥미를 자극하고 눈물겨운 사랑의 힘을 느끼게 한다. '나는 그 말을 듣고 그 숭고한 사랑의 힘에 뭉클했다'라는 끝맺음으로 독자에게 진득한 사랑의 메시지를 준다.

꼴찌에게 보내는 갈채

- 박완서

가끔 별난 충동을 느낄 때가 있다. 목청껏 소리를 지르고 손뼉을 치고 싶은 충동 같은 것 말이다. 마음속 깊숙이 잠재한 환호에의 갈망 같은 게 이런 충동을 느끼게 하는지도 모르겠다.

그러나 요샌 좀처럼 이런 갈망을 풀 기회가 없다. 환호가 아니라도 좋으니 속이 후련하게 박장대소라도 할 기회나마 거의 없다. 의례적인 미소 아니면 조소, 냉소, 고소가 고작이다. 이러다가 얼굴 모양까지 얄궂게 일그러질 것 같아 겁이 난다.

환호하고픈 갈망을 가장 속 시원히 볼 수 있는 기회는 뭐니뭐니해도 잘 싸우는 운동경기를 볼 때가 아닌가 싶다. 특히 국제 경기에서 우리 편이 이기는 걸 TV를 통해서나마 볼 때면 그렇게 신이 날 때가 없었다.

그러나 곰곰이 생각해 보니 그런 일로 신이 나서 마음껏 환성을 지를 수 있었던 기억도 아득하다. 아마 박신자 선수가 한창 스타플레이어였을 적, 여자 농구를 볼 때면 그렇게 신이 났고, 그렇게 즐거웠고, 다 보고 나선 그렇게 속이 후련했던 것 같다.

요즈음 내가 그 방면에 무관심해서 모르고 있는지는 모르지만, 그때처럼 우리를 흥분시키고 자랑스럽게 해주는 국제 경기도 없는 것 같다. 지는 것까지는 또 좋은데, 지고 나서 구정물 같은 후문後聞에 귀를 적셔야 하는 고역까지 겪다 보면, 운동 경기에 대한 순수한 애정마저 식게 된다.

이렇게 점점 파인 플레이가 귀해지는 건 비단 운동 경기분야뿐일까. 사람이 살면서 부딪히는 타인과의 각종 경쟁, 심지어는 의견의 차이에서 오는 사소한 언쟁에서까지 그 다툼의 당당함, 깨끗함, 아름다움이 점점 사라져가는 느낌이다. 그래서 아무리 눈에 불을 밝히고 찾아도 내부에 가둔 환호와 갈채에의 충동을 발산할 고장을 못 찾는지도 모른다.

요전에 시내에 나갔다가 집으로 돌아 올 때의 일이다. 집을 다 와서 버스가 정류장 못 미쳐 서서 도무지 움직이지를 않았다. 고장인가 했더니 그게 아닌 모양이었다. 앞에도 여러 대의 버스가 밀려 있었고, 버스뿐 아니라 모든 차량이 땅에 붙어 버린 듯이 꼼짝을 못하고 있었다.

나는 그날 아침부터 괜히 걷잡을 수 없이 우울해 있었다. 그래서 버스가 정류장도 아닌 데 서 있다는 사실을 참을 수가 없었다.

"언제까지 이러고 있을 거요?" 나는 부끄럽게도 안내양에게 짜증을 부렸다. 마치 이 보잘것없는 소녀의 심술에 의해서 이 거리의 온갖 차량이 땅에 붙어 버리기라도 했다는 듯이. 그러나 안내양은 탄하지 않고 시들하게 말했다.

"아마 마라톤이 끝날 때까진 못 가려나 봐요."

"뭐 마라톤?"

그러니까 저 앞 고대에서 신설동으로 나오는 삼거리쯤에서 교통이 차단된 모양이고, 그 삼거리를 마라톤의 선두 주자가 달려오리라. 마라톤의 선두 주자! 생각만 해도 우울하게 죽어 있던 내 온몸의 세포가 진저리를 치면서 생생하게 살아나는 것 같았다. 나는 그 선두 주자를 꼭 보고 싶었다. 아니 꼭 봐야만 했다.

나는 차비를 내고 나서 내려 달라고 했다. 안내양이 정류장이 아니기 때문에 안 된다고 했다. 나는 마음이 급한 김에 어느 틈에 안내양에게 시비를 걸고 있었다.

"정류장이 아니기 때문에 못 내려 주겠다구? 그럼 정류장도 아닌데 왜 섰니? 응 왜 섰어?"

"이 아주머니가, 정말……."

안내양은 나를 험상궂게 째려보더니 휙 돌아서서 바깥을 내다보며 상대도 안 했다. 그래도 나는 선두로 달려오는 마라토너를 보고 싶다는 갈망을 단념할 수가 없었다. 나는 짐짓 발을 동동 구르며 다시 안내양의 어깨를 쳤다.

"아가씨. 내가 화장실이 급해서 그러니 잠깐만 문을 열어 줘요, 응."

"아주머니도, 진즉 그러시지. 신경질 먼저 부리면 어떡해요."

안내양은 마음씨 좋은 여자였다. 문을 빠끔히 열고 먼저 자기 고개를 내밀어 이쪽저쪽을 휘휘 살피더니, 재빨리 내 등을 길바닥으로 떠다밀어 주었다.

나는 치마를 펄럭이며 삼거리 쪽으로 달렸다. 삼거리엔 인파가 겹겹이 진을 치고 있으리라. 그 인파는 저만치서 그 모습을 드러낸 선두 주자를 향해 폭죽 같은 환호를 터뜨리리라.

아, 신나라, 오늘 나는 얼마나 재수가 좋은가, 오랫동안 가두었던 환호를 터뜨릴 수 있으니. 군중의 환호, 자기 개인적인 이해관계와 전혀 상관없는 환호, 그 자체의 파열인 군중의 환호에 귀청을 떨 수 있으니.

잘하면 나는 겹겹의 군중을 뚫고 그 맨 앞으로 나설 수도 있으리라. 그러면 제일 큰 환성을 지르고, 제일 큰 박수를 쳐야지. 나는 삼거리 쪽으로 달음질치며 나의 내부에서 거대한 환호가 삼거리까지 갈 동안을 미처 못 참고 웅성웅성 아우성을 치고 있는 것처럼 느꼈다.

그러나 숨을 헐떡이며 당도한 삼거리에 군중은 없었다. 할 일이 없어 여기 이렇게 빈둥거리고 있을 뿐이라는 듯 하품이라도 할 것 같은 남자가 여남은 명, 그리고 장난꾸러기 아녀석들이 대여섯 명 몰려 있을 뿐이었고, 아무데서도 마라토너가 나타나기 직전의 흥분은 엿보이지 않았다.

그러나 여전히 호루라기를 입에 문 순경은 차량의 통행을 금하고 있었다. 세 갈래 길에서 밀리고 밀린 채 기다리다 지친 차량들이 짜증스러운 듯이 부릉부릉 이상한 소리를 내며 바퀴를 조금씩 들먹이는 게 곧 삼거리의 중심을 향해 맹렬히 돌진할 것처럼 보이고, 그럴 때마다 순경은 날카롭게 호루라기를 불어댔다. 그때 나는 내가 전혀 예기치 않던 방향에서 쏟아지는 환호 소리를 들었다. 그것은 내 뒤쪽 조그만 라디오 방 스피커에서 나는 환호 소리였다.

"선두 주자가 드디어 결승점 전방 10m, 5m, 4m, 3m, 골인!" 하는 아나운서의 숨 막히는 소리가 들리고, 군중의 우레와 같은 환호성이 들렸다. 비로소 일등을 한 마라토너는 이미 삼거리를 지난 지가 오래라는 걸 알 수 있었다. 이 삼거리에서 골인 지점까지는 몇 킬로나 되는지 자세히는 몰라도 상당한 거리다. 그런데도 아직까지 통행이 금지된 걸 보면 후속 주자들이 남은 모양이다. 꼴찌에 가까운 주자들이.

그러자 나는 그만 맥이 빠졌다. 나는 영광의 승리자의 얼굴을 보고 싶었던 것이지, 비참한 꼴찌의 얼굴을 보고 싶었던 건 아니었다. 또, 차들이 부릉대며 들먹이기 시작했다. 차들도 기다리기 지루해서 짜증을 내고 있었다. 다시 날카로운 호루라기 소리가 들리고, 저만치서 푸른 유니폼을 입은 마라토너가 나타났다.

삼거리를 지켜보고 있던 여남은 명의 구경꾼조차 라디오 방송으로 몰려 우승자의 골인 광경, 세운 기록 등에 귀를 기울이느라 아무도 그에게 관심을 갖지 않았다. 나도 무감동하게 푸른 유니폼이 가까이 오는 것을 바라보면서 저 사람은 몇 등쯤일까, 20등? 30등? 저 사람이 세운 기록도 누가 자세히 기록이나 해줄까? 대강 이런 생각을 했다. 그리고 그 20등, 아니면 30등의 선수가 조금쯤 우습고, 조금쯤 불쌍하다고 생각했다. 푸른 마라토너는 점점 더

나와 가까워졌다. 드디어 나는 그의 표정을 볼 수 있었다.

나는 그런 표정을 생전 처음 보는 것처럼 느꼈다. 여태껏 그렇게 정직하게 고통스러운 얼굴을, 그렇게 정직하게 고독한 얼굴을 본 적이 없다. 가슴이 뭉클하더니 심하게 두근거렸다. 그는 20등, 30등을 초월해서 위대해 보였다. 지금 모든 환호와 영광은 우승자에게 있고, 그는 환호 없이 달릴 수 있기에 위대해 보였다.

나는 그를 위해 뭔가 하지 않으면 안 된다고 생각했다. 왜냐하면 내가 좀 전에 그의 20등, 30등을 우습고 불쌍하다고 생각한 것처럼, 그도 자기의 20등, 30등을 우습고 불쌍하다고 생각하면서 "옜다. 모르겠다." 하고 그 자리에 주저앉아 버리면 어쩌나, 그래서 내가 그걸 보게 되면 어쩌나 싶어서였다.

어떡하든 그가 그의 20등, 30등을 우습고 불쌍하다고 느끼지 말아야지, 느끼기만 하면 그는 당장 주저앉게 돼 있다. 그는 지금 그가 괴롭고 고독하지만 위대하다는 걸 알아야 했다. 나는 용감하게 인도에서 차도로 뛰어 내리며, 그를 향해 열렬한 박수를 보내며 환성을 질렀다.

나는 그가 주저앉는 걸 보면 안 되었다. 나는 그가 주저앉는 걸 봄으로써 내가 주저앉고 말 듯한 어떤 미신적인 연대감마저 느끼며, 실로 열렬하고도 우렁찬 환영을 했다. 내 고독한 환호에 딴 사람들도 합세를 해 주었다. 푸른 마라토너 뒤에도 또 그 뒤에도 주자는 잇따랐다. 꼴찌 주자까지를 그렇게 열렬하게 성원하고 나니 손바닥이 붉게 부풀어 올라 있었다.

그러나 뜻밖의 장소에서 환호하고픈 오랜 갈망을 마음껏 풀 수 있었던 내 몸은 날듯이 가벼웠다. 그전까지만 해도 나는 마라톤이란 매력 없는 우직한 스포츠라고밖에 생각 안 했었다. 그러나 앞으론 그것을 좀 더 좋아하게 될 것 같다. 그것이 조금도 속임수가 용납 안 되는 정직한 운동이기 때문에.

또, 끝까지 달려서 골인한 꼴찌 주자도 좋아하게 될 것 같다. 그 무서운 고통과 고독을 이긴 의지력 때문에. 나는 아직 그 무서운 고통과 고독의 참뜻을 알고 있지 못한다. 왜 그들이 그들의 체력으로 할 수 있는 하고 많은 일들 중에서 그 일을 택했을까 의아스럽기까지 하다.

그러나 그날 내가 20등, 30등에서 꼴찌 주자에게까지 보낸 열심스러운 박수갈채는 몇 년 전 박신자 선수한테 보낸 환호만큼이나 신나는 것이었고, 더 깊이 감동스러운 것이었고, 더 육친애적인 것이었고, 전혀 새로운 희열을 동반한 것이었다.

박완서(1931~2011) : 소설가, 1970년 《여성동아》 장편소설 현상모집 「나목裸木」 당선으로 등단, 소설집으로 『엄마의 말뚝』 『그 많던 싱아는 누가 다 먹었을까』 『그 남자의 집』 등 다수, 수필집으로 『꼴찌에게 보내는 갈채』 『호미』 『못 가본 길이 더 아름답다』 등 다수, 이상문학상 · 동인문학상 · 한국문학작가상 · 금관문화훈장 등 수상

〈작품의 감상〉

일종의 경수필이다. 누구나 볼 수 있는 일상 체험이지만 날카로운 통찰력으로 독자의 상식을 뒤집은 작품이다. 상식을 확 벗어나 새로운 시각으로 대상을 바라보고 독자로 하여금 깨달음을 얻게 한다. 꼴찌의 마라토너에게서 받은 인상을 삶에 대한 깨달음으로 받아들이고 있다.

우리는 일반적으로 일등 마라토너에게 환호를 보내고 꼴찌는 거들떠보지도 않는다. 그러나 작가는 주변의 열띤 환호도 없이 오로지 자신의 의지력으로 고통과 고독을 감내하는 꼴찌 마라토너에게 감동을 받았다. 꼴찌 마라토너의 정직한 고통과 고독은 삶에서 순수하고 아름다운 경쟁을 원하는 작가에게 신선한 감동을 준 것이다.

진정한 경쟁은 자신의 고통과 고독을 이기는 것이라는 이른바, '꼴찌 예찬론'으로까지 확대한 것이다. 소설가적인 작가의 안목에서 작품의 구성과 문체가 소설처럼 되어 있다. 흥미롭고 쉬운 문장으로 전개되어 단숨에 읽어 내리게 하는 좋은 수필이다.

무소유無所有

- 법정

"나는 가난한 탁발승托鉢僧이오, 내가 가진 거라고는 물레와 교도소에서 쓰던 밥그릇과 염소젖 한 깡통, 허름한 요포腰布 여섯

장, 수건, 그리고 대단치도 않은 평판評判, 이것뿐이오."

마하트마 간디가 1931년 9월 런던에서 제2차 원탁회의에 참석하기 위해 가던 도중 마르세유 세관원에게 소지품을 펼쳐 보이면서 한 말이다. K. 크라팔라니가 엮은『간디 어록語錄』을 읽다가 이 구절을 보고 나는 몹시 부끄러웠다. 내가 가진 것이 너무 많다고 생각 생각되었기 때문이다. 적어도 내 분수로는.

사실 이 세상에서 처음 태어날 때 나는 아무것도 갖고 오지 않았었다. 살만큼 살다가 이 지상의 적籍에서 사라져 갈 때에도 빈손으로 갈 것이다. 그런데 살다 보니 이것저것 내 몫이 생기게 된 것이다. 물론 일상에 소용되는 물건이라고 할 수도 있다. 그러나 없어서는 안 될 정도로 꼭 긴요한 것들만일까? 살펴볼수록 없어도 좋을 만한 것들이 적지 않다.

우리들이 필요에 의해서 물건을 갖게 되지만, 때로는 그 물건 때문에 적잖이 마음이 쓰이게 된다. 그러니까 무엇인가를 갖는다는 것은 다른 한편 무엇인가에 얽매인다는 것이다. 필요에 따라 가졌던 것이 도리어 우리를 부자유하게 얽어맨다고 할 때 주객이 전도되어 우리는 가짐을 당하게 된다는 말이다. 그러므로 많이 갖고 있다는 것은 흔히 자랑거리로 되어 있지만, 그만큼 많이 얽히어 있다는 측면도 동시에 지니고 있는 것이다.

나는 지난해 여름까지 이름 있는 난초蘭草 두 분盆을 정성스레, 정말 정성을 다해 길렀었다. 3년 전 거처를 지금의 다래헌茶來軒

으로 옮겨 왔을 때 어떤 스님이 우리 방으로 보내준 것이다. 혼자 사는 거처라 살아 있는 생물이라고는 나하고 그 애들뿐이었다. 그 애들을 위해 관계서적을 구해다 읽었고, 그 애들의 건강을 위해 하이포넥스인가 하는 비료를, 바다 건너가는 친지들에게 부탁하여 구해오기도 했었다. 여름철이면 서늘한 그늘을 찾아 자리를 옮겨 주어야 했고, 겨울에는 필요 이상으로 실내 온도를 높이곤 했었다.

이런 정성을 일찍이 부모에게 바쳤더라면 아마 효자소리를 듣고도 남았을 것이다. 이렇듯 애지중지 가꾼 보람으로 이른 봄이면 은은한 향기와 함께 연둣빛 꽃을 피워 나를 설레게 했고, 잎은 초승달처럼 항시 청청했었다. 우리 다래헌을 찾아온 사람마다 싱싱한 난을 보고 한결같이 좋아라 했다.

지난여름 장마가 개인 어느 날 봉선사로 운허 노사老師를 뵈러 간 일이 있었다. 한낮이 되자 장마에 갇혔던 햇볕이 눈부시게 쏟아져 내리고 앞 개울 물소리에 어울려 숲 속에서는 매미들이 있는 대로 목청을 돋구웠다.

아차! 이때에야 문득 생각이 난 것이다. 난초를 뜰에 내놓은 채 온 것이다. 모처럼 보인 찬란한 햇볕이 돌연 원망스러워졌다. 뜨거운 햇볕에 늘어져 있을 난초잎이 눈에 아른거려 더 지체할 수가 없었다. 허둥지둥 그 길로 돌아 왔다. 아니나 다를까, 잎은 축 늘어져 있었다. 안타까워하며 샘물을 길어다 축여주고 했더니 겨우 고개를 들었다. 하지만 어딘지 생생한 기운이 빠져버린 것 같았다.

나는 이때 온몸으로, 그리고 마음속으로 절실히 느끼게 되었다. 집착이 괴로움인 것을. 그렇다. 나는 난초에게 너무 집착해 버린 것이다. 이 집착에서 벗어나야겠다고 결심했다. 난을 가꾸면서 산철 -승가僧家의 유행기遊行期- 에도 나그네 길을 떠나지 못한 채 꼼짝 못하고 말았다. 밖에 볼일이 있어 잠시 방을 비울 때면 환기가 되도록 들창문을 조금 열어 놓아야 했고, 분盆을 내 놓은 채 나가다가 뒤미처 생각하고는 되돌아와 들여놓고 나간 적도 한두 번이 아니었다. 그것은 정말 지독한 집착이었다.

며칠 후, 난초처럼 말이 없는 친구가 놀러왔기에 선뜻 그의 품에 분을 안겨주었다. 비로소 나는 얽매임에서 벗어난 것이다. 날을 듯 홀가분한 해방감, 삼 년 가까이 함께 지낸 '유정有情'을 떠나보냈는데도 서운하고 허전함보다 홀가분한 마음이 앞섰다. 이때부터 나는 하루 한 가지씩 버려야겠다고 스스로 다짐을 했다. 난을 통해 무소유의 의미 같은 걸 터득했다고나 할까.

인간의 역사는 어떻게 보면 소유사所有史처럼 느껴진다. 보다 많은 자기네 몫을 위해 끊임없이 싸우고 있는 것 같다. 소유욕에는 한정도 없고 휴일도 없다. 그저 하나라도 더 많이 갖고자 하는 일념으로 출렁거리고 있는 것이다. 물건만으로는 성에 차질 않아 사람까지 소유하려 든다. 그 사람이 제 뜻대로 되지 않을 경우는 끔찍한 비극도 불사하면서. 제정신도 갖지 못한 처지에 남을 가지려 하는 것이다.

소유욕은 이해와 정비례한다. 그것은 개인뿐 아니라 국가 간의 관계도 마찬가지. 어제의 맹방들이 오늘에는 맞서게 되는가 하면, 서로 으르렁대던 나라끼리 친선사절을 교환하는 사례를 우리는 얼마든지 보고 있다. 그것은 오로지 소유에 바탕을 둔 이해관계 때문인 것이다. 만약 인간의 역사가 소유사에서 무소유사無所有史로 그 향向을 바꾼다면 어떻게 될까.

간디는 또 이런 말도 하고 있다. "내게는 소유가 범죄처럼 생각된다……." 그가 무엇인가를 갖는다면 같은 물건을 갖고자 하는 사람들이 똑같이 가질 수 있을 때 한한다는 것. 그러나 그것은 거의 불가능한 일이므로 자기 소유에 대해서 범죄처럼 자책하지 않을 수 없다는 것이다. 우리들의 소유 관념이 때로는 우리들의 눈을 멀게 한다. 그래서 자기의 분수까지도 돌볼 새 없이 들뜨게 되는 것이다. 그러나 우리는 언젠가 한 번은 빈손으로 돌아갈 것이다. 내 이 육신마저 버리고 훌훌히 떠나갈 것이다. 하고 많은 물량일지라도 우리를 어떻게 하지 못할 것이다.

크게 버리는 사람만이 크게 얻을 수 있다는 말이 있다. 물건으로 인해 마음을 상하고 있는 사람들에게는 한 번쯤 생각해 볼 말씀이다. 아무것도 갖지 않을 때 비로소 온 세상을 갖게 된다는 것은 무소유의 역리逆理이니까.

법정(1932~2010) : 승려, 수필가, 법정法頂은 법명, 1954년에 효봉선사의 문하로 입산하여 불도에 정진, 1994년 맑고 향기롭게 살아가기 운동회주, 1990년 대한불교 조계종 길상사 스님 등 역임, 수필집으로 『버리고 떠나기』 『무소유』 『홀로 사는 즐거움』 등 다수, 2004년 제2회 대원상 수상

〈작품의 감상〉

진정한 자유와 무소유의 의미를 주제로 한 경수필이다. 일상에서 삶의 진리를 터득하는 모습이 잘 드러나 있는 사색적이고도 교훈적인 작품이다.

이 수필은 불자인 작가가 불교에서 중요시하는 무소유無所有의 의미를 일상의 체험담으로 진솔하게 표현한 작품이다. 불교에서 무소유란 아무것도 가져서는 안 된다는 것이 아니라, 가짐으로 인해 탐욕과 집착에 얽매이지 않는다는 의미가 있다. 우리 속세의 사람들과 달리 스님들은 물질적 가치가 될 만한 개인 소유 없이 공개된 곳에서 대중과 더불어 수행하며 생활한다.

오늘날과 같은 물질문명의 사회에서 인간의 소유욕은 끝이 없다. 안 가진 자는 하나라도 더 가지려 하고, 가진 자는 하나라도 더 가지려한다. 가진 자는 자기의 소유물을 잃지 않기 위해 온갖 탐욕과 집착에 얽매여 산다. 그럼으로 편안하고 자연스런 삶을 구속하게 된다.

작가는 혼자 외롭게 거처하는 방에서 난초蘭草를 같은 생물이라는 공동체로 대하며 정성을 다해 키웠다. 그러나 승가僧家의 유행기遊行

期에도 난을 돌보느라 나그네 길을 마음 편히 떠나지 못하고 집착하였다.

사실 오늘날과 같은 물질문명 시대에서 한갓 난초는 소유물 축에 끼기도 어렵다. 그럼에도 그것을 버림으로써 홀가분한 해방감을 느낀 마음이 더없이 청초하고 숭고하다.

물질만능주의에 빠져있는 현대인에게 삶의 가치를 깨닫게 하는 글이다. 작품의 말미에 '우리는 언젠가 한 번은 빈손으로 떠나간다. 내 이 육신마저 버리고 훌훌히 떠나갈 것이다.'라는 말씀대로 2010년 3월에 입적入寂하신 스님의 명복을 삼가 빈다.

광화문 꽃밭

- 노재현

햇볕 쨍쨍한 오후 나절에 서울 한복판 광화문광장을 둘러보았다. 사람이 많아서일까. 출근길 버스 안에서 보던 것보다 훨씬 좁게 느껴졌다. 이순신 장군 동상 앞뒤로 분수가 한창 피어오르고 있었다. 어린아이들이 옷이 흠뻑 젖은 채 물줄기를 즐기고 있었다. 엄마들은 그런 아이를 카메라에 담기 바빴다. 광화문 쪽으로 걸으니 서울시 '플라워 카펫'이라고 이름을 붙인 꽃밭이 보였다. 길이 162m, 폭 17.5m. 생화를 22만 4,537송이나 심어 놓았다고 한다.

전통 단청문양을 응용해 디자인했다는데, 내가 문외한인 탓인지 경탄할만한 것은 아니었다. 모처럼 도심에 조성된 예쁜 꽃밭이기에 다정하게 봐주는 정도랄까. 그래서 일부에서 '오세훈 정원'이라며 삐딱하게 보는 것일까. 그래도 여유 공간에 목말랐던 시민들은 곳곳의 포토존에서 꽃처럼 환한 모습들을 서로 찰칵찰칵 찍어댔다.

광장 개방 사흘 만인 3일, 이곳에서 첫 집회가 열렸다. 야당 소속 서울시의원·시민단체의 '광화문광장 조례안 폐지촉구 기자회견'이었다. 불법집회라는 이유로 10명이 경찰에 연행됐다. 인근 서울광장에서 이슈가 됐던 '표현의 자유'의 불똥이 광화문광장으로 튄 것이다. 그러나 조례를 굳이 들먹이지 않더라도 광화문광장은 집회·시위 장소로 전혀 어울리지 않는다.

광장에서 사람들이 많이 들어 설수 있는 장소는 해치마당 입구에서 세종대왕상 예정지 사이의 얼마 안 되는 공간뿐이다. 여기에 수많은 인원이 몰릴 경우 결국 광화문 꽃밭도 훼손하게 되고, 세종로 큰길을 점거하는 사태로 치달을 게 뻔하다. 광장 바로 앞에 미국대사관이 있기 때문에 '집회 및 시위에 관한 법률' 중 '외교기관으로부터 100m 이내 장소'에 해당돼 집회 자체가 엄격히 제한되는 지역이기도 하다. 그런데도 왜 '집회를 허許하라'는 불법집회가 열리는 것일까.

나는 과잉 정치화된 우리 사회의 속성이 광화문광장을 그냥 지나치지 못하기 때문이라고 생각한다. 일단 건드려 보자. 조례가 제정되면 좋고, 안 되더라도 표현의 자유라는 이슈는 우리가 선점한다. 그런 생각으로 문제를 일으키는 것 아닐까. 사실 불법이라 할지라도 정치 성향의 단체들이 광화문광장에서의 첫 집회 기록을 세운 것은 유감이다.

2일 아침 이곳에서는 택시가 승용차와 부딪친 뒤 플라워 카펫 안 해치상까지 돌진해 들어가는 사고가 일어났다. 다행히 아침 시간이라 시민이 다치는 일은 벌어지지 않았다. 광장과 차도 사이 턱이 낮아 특히 어린아이들이 교통사고를 당할 위험이 아주 크다. 그런데도 어린이 보호단체나 교통안전 단체가 항의시위를 벌였다는 소리는 못 들었다. 덕분에 과잉 정치화된 집회만 일반 국민에 부각되는 '과잉대표성'이 빚어지고 있는데도.

사실 서울시가 광장 개방을 앞두고 집회문제로 고민하지 않을 리 없다. 나는 플라워 카펫 조성에는 광장에서의 시위를 막으려는 목적도 숨어 있을 것으로 본다. 바이마르 공화국 혼란기에 독일 공산당은 시위행진을 하다, '잔디밭에 들어가지 마시오.'라는 팻말이 눈에 띄면 잔디밭을 우회해 갔다고 한다. 우리 질서 의식이 그 정도는 아니더라도 멀쩡한 생화들을 마구 짓밟지는 않으리라고 기대했을 것이다.

이제 원하든 원하지 않든 광화문광장의 플라워 카펫은 우리의 질서의식, 나아가 민도民度의 시금석이 됐다. 누구나 경탄할 만큼 대단하지도 않고 오히려 인공적인 냄새가 물신 풍기지만, 그래도 나름대로 정성을 들인 꽃밭이다. 광화문 꽃밭이 서울광장의 잔디처럼 때만 되면 무참히 짓밟히는 신세로 전락할 것인가. 아니면 오래도록 시민의 눈길을 끌 것인가. 이게 다 우리 하기에 달렸다. 꽃밭 하나쯤이야 작은 문제라고? 그렇다면 도대체 어떤 것이 큰 문제인지 나는 알지 못한다.

노재현(1958~) : 중앙일보 논설위원, 서울 언론인상 · 한국기자상 수상

〈작품의 감상〉

이 작품은 2009년 8월 7일자, 중앙일보 '노재현의 시시각각時時刻刻' 난에 게재된 글이다. 사회적 이슈에 대한 평론형식으로 일종의 중수필이다. 최근 우리 국민의 의식수준을 광화문광장에 조성한 플라워카펫을 사례로 쉽고 설득력 있게 기술했다.

이 작품은 인근 서울 광장에서 이슈가 되었던 '표현의 자유'의 불통이 광화문광장까지 튄 것에 대한 안타까움을 구체적인 자료를 들어 기술했다. 광화문광장은 세종대왕과 이순신 장군의 동상이 자리잡은 우리나라의 대표성을 띠는 명소이거니와 100m 이내에 외국기관(미국대사관)이 있어서 집회 · 시위 장소로 전혀 어울리지 않는다. 이를 모를 리 없는 정치화된 단체들의 과잉행위를 완곡하게 꾸짖고 있다.

바이마르 공화국 혼란기에 독일 공산당은 시위행진을 하다 '잔디밭에 들어가지 마시오.'라는 팻말을 보고 우회해 갔다고 하는, 작가의 세심한 표현이 우리 국민의 의식 수준을 더없이 빈곤하게 한다. '꽃밭 하나쯤이야 작은 문제라고 항변한다면 어떤 것이 큰문제인지 나는 모른다.'는 작가의 마무리 말이 의미심장한 여운을 남긴다.

등나무집 형님

- 반숙자

방아 찧으러 시골 다녀온 그이 손에 올망졸망 보따리가 많았습니다. 마루에 꺼내 놓고 보니 영락없는 시골 채소전입니다. 형님, 형님께서 바쁘신 추수일손 짬을 내어 봉지마다 정을 채워 넣으신 것을 알고는 왜 이렇게 마음이 훈훈해 오는지요.

까만 비닐 백에는 싱싱한 홍고추가 들어 있구요. 감자도 한 봉지, 호박순도 형님의 체온이 채 가시지 않은 듯 꼬옥 접혀 나왔습니다. 비료부대에 기다랗게 싸 넣으신 게 무언가 했더니 텃밭에다 기르시는 대파다발이었습니다. 파뿌리에 고물처럼 묻어 있는 흙내음을 맡으며 어쩐지 그 수수한 내음이 코에 익은 형님의 내음임을 기억합니다.

당신 곁에 있을 때나 떠나 있을 때나 저는 참말이지 당신 앞에 철부지 사촌동서 그뿐인데 형님은 한결같이 이렇게 묵묵히 우애를 나누어 주시니 감읍하옵니다. 형님, 올해도 형님 댁 문전에는 등꽃이 아름답게 피었나요. 슬하에 8남매를 모두 가출시키고 이제 시숙님과 내외분만 큰 집을 지키며 농사짓는 알뜰하시고 부지런하신 형님.

언젠가 5월이었습니다. 과수원 적과할 일꾼을 얻으러 나섰습니다. 고갯마루에 올라서자 마을로부터 불어오는 상큼한 바람에 전신이 나긋나긋 녹아나는 듯했습니다. 그 향내는 차츰차츰 짙어지더니 어느덧 발걸음이 형님 댁 바깥마당에 멈춰 있었어요.

그 넓은 기와지붕이 온통 초록빛 우산을 받쳐 들고 연연한 보라빛 등꽃은 송이마다 환하게 연등을 밝히고 있었습니다. 마침 형님 내외분은 대문만 지쳐둔 채 들로 나가시고 중풍을 앓던 강아지가 뒷다리를 덜덜 떨며 기어 나오고 있었습니다. 개 이야기가 생각나니 형님, 웃음이 절로 납니다.

식구도 없고 적적하시다며 잡곡 한 말 내다주시고 사 오신 강아지였지요. 제 또래의 고양이 한 마리와 한 그릇 밥을 먹으며 토실하게 크다가 중풍이 일어 반신불구가 되었다구요. 동네 사람들은 모두 내다 버리라고 성화였지만 형님은 괘념치 않으시고 정성껏 돌보시더니 거의 1년 만에 건강을 회복했지요. 그때 내다 버리라고 한 사람 중에 저도 한몫 끼어 있었는데 미물의 생명까지 소중해 하시는 그 어지심이 보배로운 추억으로 남아 있습니다.

형님, 저는 뜰로 들어섰습니다. 하도 우스꽝스럽게 기어 나오는 강아지를 보고 혼자 웃다가 꼬리를 치는 바람에 그만 못할 짓을 한 듯 심히 부끄러웠던 기억이 아직도 생생합니다.

숲을 이룬 등나무를 올려다보았지요. 사랑방문 앞까지 치렁치렁 늘어선 등꽃은 정말 장관이었습니다. 대문기둥을 의지해 서로 부둥켜안고 새끼 꼬듯 올라간 줄기가 퍽 인상적이었습니다. 그날 집으로 돌아와 국어사전에서 등나무에 대해 알아보았습니다.

등藤나무 : 콩과에 딸린 전요성나무, 동양 특산이며 흔히 관상용으로 심음. 이렇게 나와 있더군요. 그런데 또 한 가지 의문은 전요성이란 뜻이었습니다. 다시 사전을 폈지요. 전요성 : 스스로 바르게 서지 못하고 다른 물건에 감겨서 뻗어 올라가는 줄기.

그제서야 알았습니다. 형님, 부부는 모두 전요성나무처럼 서로 희로애락을 함께 나눈 애정으로 감겨 세월 속에 많은 꽃송이를 피우는 것을. 더구나 형님께서는 종가집 종부로서 봉제사 받들며 손아래 시동생들을 사촌까지 합하여 다섯 분을 거두셨고 온 집안 대소사에 여름철 등나무 그늘 같은 후덕함으로 한평생을 살아 오셨습니다. 신식 살림 한답시고 가마솥을 없애버린 저를 위해 해마다 손수 큰 가마솥에 메주까지 쑤어 주시는 친정어머니 같은 당신이었습니다.

형님 이제는 서울 이야기를 해야겠습니다. 시골에서 40평생을 살아온 제가 뒤늦게 서울살이를 하고 흠칫흠칫 놀라는 일이 한 두 가지가 아닙니다. 이곳 사람들은 저울을 좋아하는 모양입니다. 시장에도 상점에도 또한 가정에도 저울이 있습니다. 홍고추 몇 개도 저울에 올라가고 콩나물, 마늘 몇 톨까지 모두 저울에 올라갑니다. 그리고 진짜냐 가짜냐 신경을 곤두세웁니다.

형님, 더욱 놀라운 것은 사람도 저울에 단다는 것입니다. 그 사람이 갖고 있는 재물과 권력, 능력까지도 철두철미 유용성에 의해 저울질 된다고 합니다. 어떤 사람은 아파트의 평수가 곧 행복의 평수인 양 착각하고 있는 이도 많다고 합니다.

정작 제 무게로 달려야 할 사람의 목숨은 중량을 잃어가고 잡동사니가 판을 치는 현실이 근대화된 삶이라면 그냥 밭 갈고 씨 뿌리며 사는 일이 훨씬 사람답다는 생각입니다. 사실은 저도 저울을 좋아합니다. 항상 감정의 기복으로 평형을 잃고 사는 제가 한 치의 오차도 없이 스스로를 다스리는 준엄함을 좋아하는 것은 하나의 바람입니다. 저울처럼 제자리에 영의 상태로 비울 수 있다면, 그렇게 반듯하게 살 수 있다면 얼마나 좋겠습니까?

푸성귀 한 다발, 쑥버무리 대접도 푸짐스럽던 형님의 그 넉넉함이 사무치게 그리워 오는 요즘입니다. 두엄 냄새까지 덤으로 따라온 형님의 선물을 받고 제가 이렇게 소생하는 것은 실은 저울에 달지 않은 그 마음 때문이란 걸 알아주세요.

형님, 오늘 저녁 식탁에는 손수 넣어주신 담북장을 올렸습니다. 예쁘게 빚어 파는 이곳 담북장보다 냄새며 담백함이 일품이군요. 조미료를 많이 넣어 입맛을 돋우는 식단보다는 자연의 맛을 그대로 살리는 형님의 솜씨가 진국입니다. 우리들의 사는 일도 그런 것 아닐까요.

형님, 도시의 밤이 깊어 갑니다. 지금쯤 뒷동산 산제당 골짜기에 밤새가 울다 잠들겠지요. 고마우신 형님, 수확의 계절 아주버님과 함께 좋은 가을맞이 하소서.

반숙자(1931~) : 수필가, 음성예총회장 역임, 수필집으로 『몸으로 우는 사과나무』『그대 피어나라 하시기에』『천년의 숲』 등 다수, 현대수필문학상 · 한국자유문학상 · 동포문학상 등 수상

〈작품의 감상〉

조용한 품격과 깊은 사색으로 결을 삭여내 감동과 정감을 주는 서신 형식의 경수필이다. '파뿌리에 떡고물처럼 묻어 있는 흙내음을 맡으면 어쩐지 그 구수한 내음이 코에 익은 형님의 내음임을 기억합니다.'라는 구절은, 시골에서 함께 농사짓고 살았던 시절을 그리워하며 동서지간의 온정을 그야말로 생동감 있게 묘사했다.

또한 집 뜰의 등나무가 대문 기둥을 의지해 서로 부둥켜안고 새끼 꼬듯 올라간 줄기를 보고, '부부는 전요성나무처럼 희로애락을 함께

나는 애정으로 감겨 세월 속에 많은 꽃을 피우는 것'이라는 표현은 자칫 그르치기 쉬운 이즈음의 부부애를 되짚어 보게 한다.

그야말로 글자 하나하나에 정감이 물씬 밴 애틋한 글이다.

이 책에서는 단어나 관용어, 그리고 속담 등 글쓰기에 유용한 언어 관련 자료를 편의상 '용어'로 총칭하기로 한다. 여기에 수록한 용어는 필자가 글쓰기 공부를 하면서 틈틈이 정리하여 유익하게 활용한 것이다.
특히 명수필가의 명수필을 읽고 글쓰기에 좋은 단어나 표현들을 선별한 것이 많다. 읽을 때 표시해 두었다가 다 읽고 난 뒤에 사전을 일일이 찾아 그 본래의 뜻을 정확하게 전달했다. 이 외에 글쓰기에 보다 풍부하고 다양한 용어집이 되도록 『아름답고 정겨운 우리말(문화관광부)』 책자와 〈우리말 겨루기(KBS방송)〉에서도 선정하여 수록하였다.

머릿속에 수많은 용어가 가득 들어 있다 해도 막상 글을 쓸 때는 잘 떠오르지 않는다. 일단 초안을 마치고 이들 용어를 가볍게 살펴보기 바란다. 분명 마음에 드는 용어가 발견될 것이다. 비록 한 두 용어일지라도 글쓰기에 응용하면 그만큼 독자 여러분의 글이 빛나게 될 것이다.

제3장

글쓰기에 유용한 용어 모음

단어

관용어

속담

고사성어

문장표현

단어

〈명사〉

• ㄱ

· 가납사니 : 쓸데없는 말을 지껄이기 좋아하는 수다스러운 사람

· 가리사니 : 사물을 판단할 만한 지각知覺

· 가리새 : 일의 갈피와 조리

· 가슴놀이 : 가슴의 맥박이 뛰는 곳

· 가시눈 : 날카롭게 쏘아보는 눈을 비유적으로 이르는 말

· 가재걸음 : 일이 더디고 진보하지 못함을 비유하여 이르는 말

· 가타부타 : 옳다거나 그르다거나 함(가타부타 말이 없다)

· 가탈 : 이리저리 트집을 잡아 까다롭게 구는 일

· 간사위 : 자상하면서 변통속이 있는 수단

· 갈무리 : 물건 따위를 잘 정리하거나 간수함

· 갈피 : 일이나 사물의 갈래가 구별되는 어름(두 물건이 맞닿은 자리)

· 감바리 : 잇속을 노리고 약삭빠르게 달라붙는 사람

· 감벼락 : 뜻밖에 만난 재난

· 강다짐 : 까닭 없이 남을 억누르며 꾸짖음

· 거추꾼 : 일을 주선해주거나 거들어주는 사람

· 거침새 : 일이나 행동 따위가 중간에 걸리거나 막히는 상태

· 거탈 : 실상이 아닌 겉으로 드러난 태도

· 걸때 : 사람의 몸집이나 체격

· 걸태질 : 염치나 체면을 차리지 않고 재물 따위를 마구 긁어모으는 짓

· 결기 : 못마땅한 것을 참지 못하고 성을 내거나 왈칵 행동하는 성미

· 계륵 : 큰 소용은 못되나 버리기 아까운 사물

· 고달 : 거만을 떠는 짓

· 고삭부리 : 음식을 많이 먹지 못하는 사람

· 굴퉁이 : 겉모양은 그럴듯하나 속은 보잘것없는 사람이나 물건

· 궤지기 : 좋은 것은 다 고르고 찌끼만 남아서 쓸데가 없는 물건

· 귀잠 : 아주 깊이 든 잠

· 근터리 : 근거나 구실

· 꼽사리 : 남이 노는 판에 거저 끼어든 사람

· 꼽재기 : 때나 먼지 같이 작고 더러운 것

· 끕끕수 : 체면이 깎일 일을 당하여 갖는 부끄러움

• ㄴ

· 나락 : 도저히 벗어날 수없는 절망적 상황

· 날돈 : 공연한 일에 드는 돈, 생돈

· 날떠퀴 : 그날그날의 운수

· 냇내 : 연기의 냄새

· 너나들이 : 서로 너니 나니 하고 부르며 허물없이 말을 건네는 사이

· 너스레 : 수다스럽게 떠벌려 늘어놓는 말이나 짓(너스레를 떨다)

· 너울가지 : 남과 잘 사귀는 솜씨

· 넉살 : 부끄러운 기색 없이 비위 좋게 구는 짓이나 성미

· 노느매기 : 여러 몫으로 나누는 일

· 노라리 : 건달처럼 건들건들 놀며 세월만 허비하는 것

· 노총 : 남에게 알려서는 안 될 일

· 놧보 : 사람됨이 천하고 더러운 사람

· 능갈 : 얄밉도록 몹시 능청을 떪

• ㄷ

· 덧거리 : 사실을 지나치게 불려 말하는 일

· 도치기 : 인색하고 인정이 없는 사람

· 두루치기 : 한 가지 물건을 여기저기 두루 씀

· 뒤설레 : 서두르며 수선스럽게 구는 일

· 드레질 : 사람의 됨됨이를 떠보는 일

· 드팀새 : 틈이 생긴 기미나 정도

· 따리꾼 : 알랑거리면서 남의 비위를 살살 꾀어내기를 잘하는 사람

· 딱장대 : 성질이 온순한 맛이 없이 딱딱한 사람

· 딸보 : 속이 좁은 사람, 키도 작고 몸집도 작은 사람

· 떠세 : 재물이나 힘 따위를 내세워 젠체하고 억지를 쓰는 짓

· 뚝별씨 : 걸핏하면 불뚝불뚝 성을 잘 내는 성질 또는 사람

· 뚱딴지 : 우둔하고 완고하며 무뚝뚝한 사람

· 뜬돈 : 어쩌다 우연히 생긴 돈

· 띠앗 : 형제나 자매 사이의 우애심

• ㅁ

· 마구발방 : 분별없이 함부로 하는 말이나 행동

· 막치 : 되는대로 마구 만들어 질이 낮은 물건

· 만물 : 푸성귀, 과일, 곡식 등을 그해 들어 제일 먼저 거두어들인 것

· 말전주 : 사람 사이에서 좋지 않게 말하여 이간질하는 짓

· 말짜 : 가장 나쁜 물건, 버릇없이 구는 사람

· 말추렴 : 다른 사람이 말하는데 한몫 끼어들어 말을 거는 일

· 맛장수 : 아무 재미도 없이 싱거운 사람

· 맞대매 : 단 두 사람이 마지막으로 우열이나 승부를 겨룸

· 매무시 : 옷을 입을 때 매고 여미는 따위의 뒷단속

· 맹문 : 일의 시비나 경위

· 먹거지 : 여러 사람이 모여서 벌이는 잔치

· 모가치 : 제 앞으로 돌아오는 몫의 물건

· 모갯돈 : 액수가 많은 돈

· 모꼬지 : 여러 사람이 놀이나 잔치 따위의 일로 모이는 일

· 모도리 : 빈틈없이 아주 야무진 사람

· 모지랑이 : 오래 써서 끝이 닳아 떨어진 물건

· 무따래기 : 남의 일에 함부로 훼방을 놓는 사람들

· 무룡태 : 능력은 없고 그저 착하기만 한 사람

· 무서리 : 늦가을에 처음 내리는 묽은 서리

· 물렁팥죽 : 마음이 무르고 약한 사람을 비유적으로 이르는 말

· 미립 : 경험을 통하여 얻은 묘한 이치나 요령

· 밑절미 : 일이나 물건의 기초, 본디부터 있던 바탕

• ㅂ

· 박쥐구실 : 이익만을 노려 이리 붙고 저리 붙고 하는 줏대 없는 행동

· 발쇠 : 남의 비밀을 캐내어 다른 사람에게 넌지시 알려주는 짓

· 발편잠 : 근심걱정 없이 편하게 자는 잠

· 버림치 : 못 쓰게 되어서 버려둔 물건

· 벼리 : 일이나 글의 가장 중심이 되는 줄거리

· 보비리 : 아주 아니꼽게 느껴질 정도로 인색한 사람

· 불세출 : 세상에 다시없을 만큼 뛰어남

· 비나리 : 아첨을 하면서 남의 비위를 맞춤(비나리를 치다)

· 빼도리 : 사물의 짜임새를 고르기 위해 요리조리 변통하는 일
· 뼛성 : 갑자기 발칵 일어나는 짜증

• ㅅ

· 사날 : 제멋대로 하는 태도
· 사랫길 : 논밭 사이로 난 길
· 살바람 : 좁은 틈으로 새어 들어오는 찬 바람
· 새금물 : 조금 흐린 물
· 새줄랑이 : 소견 없이 방정맞고 경솔한 사람
· 샘바리 : 샘이 많아서 안달하는 사람
· 선떡부스러기 : 실속 없이 모여 있는 어중이떠중이
· 소나기밥 : 보통 때에는 얼마 먹지 않다가 갑자기 많이 먹는 밥
· 소소리바람 : 이른 봄에 살 속으로 스며드는 듯한 차고 매서운 바람
· 속종 : 마음속에 품은 소견
· 손방 : 아주 할 줄 모르는 솜씨
· 시쳇말 : 요사이 유행하는 말
· 쌤통 : 남이 낭패 본 것을 고소해하는 뜻으로 이르는 말

• ㅇ

· 악지 : 잘 안될 일을 무리하게 해 내려는 고집
· 안다니 : 무엇이든 잘 아는 체하는 사람

· 안팎노자 : 오고 가는 데 드는 경비

· 앉은벼락 : 뜻밖에 당하는 큰 재앙

· 알심 : 은근히 동정하는 마음, 보기보다 야무진 힘

· 알음장 : 눈치로 은밀히 알려 줌

· 알짬 : 여럿 가운데에 가장 중요한 내용

· 알토란 : 너저분한 털을 다듬어 깨끗하게 만든 토란

· 암상 : 남을 시기하고 샘을 잘 내는 마음

· 앙살 : 엄살을 부리며 버티고 겨루는 짓

· 앙짜 : 성질이 깐작깐작하고 암상스러운 사람을 놀림조로 이르는 말

· 애옥살이 : 가난에 쪼들려서 애를 써가며 사는 살림살이

· 앵두장수 : 잘못을 저지르고 자취를 감춘 사람

· 야지랑 : 얄밉도록 능청맞고 천연스런 태도

· 양광 : 분수에 넘치는 호강

· 어마지두 : 무섭고 놀라워 정신이 얼떨떨한 판

· 어바리 : 어리석고 멍청한 사람

· 어성꾼 : 하는 일 없이 한가하게 지내는 사람

· 어정잡이 : 겉모양만 꾸미고 실속이 없는 사람

· 엉너리 : 남의 환심을 사려고 어벌쩡하게 서두르는 짓

· 엉세판 : 매우 가난하고 궁색한 형세

· 여우비 : 맑은 날씨에 잠깐 뿌리는 비

· 여윈잠 : 충분하지 못한 잠, 또는 깊이 들지 못한 잠

· 오구탕 : 매우 요란스럽게 떠드는 짓

· 옥셈 : 잘못 생각하여 자기에게 도리어 손해가 되게 하는 셈

· 옴살 : 매우 친밀하고 가까운 사이

· 왜장질 : 쓸데없이 큰 소리로 마구 떠드는 짓

· 우수리 : 물건 값을 제하고 거슬러 받는 잔돈

· 울가망 : 근심스럽거나 답답하여 기분이 나지 않음, 또는 그런 상태

· 울골질 : 지긋지긋하게 으르며 덤비는 짓

· 윤똑똑이 : 혼자 잘나고 영악한 체하는 사람을 낮잡아 이르는 말

· 응짜 : 핀잔하는 투로 대꾸하는 일

· 이즈막 : 가까운 지난날

· 입방아 : 어떤 사실을 화제로 이러쿵저러쿵 쓸데없이 입을 놀리는 일

· 입찬말 : 자기의 지위나 능력을 믿고 지나치게 장담하는 말

• ㅈ

· 잔재비 : 자질구레한 일을 아주 잘하는 손재주

· 잡도리 : 단단히 준비하거나 대책을 세움, 또는 그 대책

· 조리차 : 알뜰하게 아껴 쓰는 일

· 주럽 : 피로하여 고단한 증세

· 줌앞줌뒤 : 예측에 어긋나 맞지 아니함

· 쥐락펴락 : 남을 자기 손아귀에 넣고 마음대로 부리는 모양

· 지다위 : 자기의 허물을 남에게 덮어씌움

· 째마리 : 사람이나 물건 가운데서 가장 못된 찌꺼기

· 찜부럭 : 몸이나 마음이 괴로울 때 걸핏하면 짜증을 내는 짓

• ㅊ

· 찰짜 : 성질이 수더분하지 않고 몹시 까다로운 사람

· 칠뜨기 : 다소 모자라는 사람을 속되게 이르는 말

• ㅋ

· 칼잠 : 좁은 공간에서 여럿이 바로 눕지 못하고 불편하게 자는 잠

· 켯속 : 일이 되어 가는 속사정

• ㅌ

· 태깔 : 모양과 빛깔, 교만한 태도

· 태질 : 세차게 메어치거나 내던지는 것

· 터수 : 서로 사귀는 사이

· 테설이 : 성질이 거칠고 심술궂은 사람

· 텡쇠 : 겉은 튼튼하게 보이지만 속은 허약한 사람을 낮잡아 이르는 말

· 트레바리 : 이유 없이 남의 말에 반대하기를 좋아하는 사람

· 틀거지 : 듬직하고 위엄이 있는 겉모양

• ㅍ

· 포배기 : 한 것을 자꾸 되풀이하는 일

· 푸서리 : 잡초가 무성하고 거친 땅

· 푸성귀 : 사람이 가꾼 체소나 저절로 난 나물 따위를 통틀어 이르는 말

· 푸접 : 남에게 인정이나 붙임성, 포용성 따위를 가지고 대하는 성질

· 피새 : 급하고 날카로워 화를 잘 내는 성질

• ㅎ

· 해거름 : 해가 서쪽으로 넘어가는 일, 또는 그런 때

· 행짜 : 심술을 부려 남을 해롭게 하는 행위

· 허우대 : 겉으로 드러난 체격, 주로 크거나 보기 좋은 체격을 말함

· 허섭스레기 : 좋은 것을 고르고 난 뒤의 허름한 물건

· 허정개비 : 겉보기와는 달리 속이 옹골차지 못함

· 헤살 : 일을 짓궂게 훼방함, 또는 그런 일

· 화톳불 : 장작 따위를 한곳에 모으고 질러 놓은 불

· 황소바람 : 좁은 틈으로 세게 불어 드는 바람

· 후림불 : 남의 옆에 있다가 까닭 없이 휘말리는 일

· 휫손 : 남을 휘어잡아 잘 부리는 솜씨

· 흑책질 : 교활한 수단을 써서 남의 일을 방해하는 짓

〈동사〉

• ㄱ

· 가무리다 : 몰래 혼자 차지하거나 흔적도 없이 먹어 버리다

· 각치다 : 남에게 이러니저러니 거슬리는 말을 하여 화를 내게 만들다

· 간종그리다 : 흐트러진 일이나 물건을 가지런하게 하다

· 간지피다 : 가지런히 펴서 정리하다(이불이나 종이 등)

· 갈마보다 : 양쪽을 번갈아 보다

· 감씹다 : 감칠맛이 나도록 맛있게 씹다

· 갖추쓰다 : 글자, 특히 한자를 약자체로 쓰지 않고 정자로 정성껏 쓰다

· 거니채다 : 어떤 일의 상황이나 분위기를 짐작하여 눈치를 채다

· 건몰다 : 일을 정성 들이지 않고 건성건성 빨리 해 나가다

· 걷어매다 : 일을 하다가 중간에서 대충 끝맺다

· 걸터듬다 : 무엇을 찾느라고 이것저것을 되는대로 마구 더듬다

· 게걸거리다 : 상스러운 말로 소리를 지르며 불평스럽게 자꾸 떠들다

· 고수련하다 : 앓는 사람의 시중을 들어 주다

· 곧추앉다 : 허리를 펴고 똑바로 앉다

· 곰삭다 : 젓갈 따위가 오래되어서 푹 삭다

· 곰파다 : 사물이나 일의 속내를 알려고 자세히 따져보다

· 곱새기다 : 남의 말이나 행동을 그 본뜻과 달리 좋지 않게 생각하다

· 곱씹다 : 말이나 생각 따위를 거듭 되풀이하다

· 굽죄다 : 떳떳하지 못하여 기를 펴지 못하다

· 궁따다 : 시치미를 떼고 딴소리를 하다

· 궁싯거리다 : 어찌할 바를 몰라 이리저리 머뭇거리다(궁싯대다)

· 근대다 : 몹시 성가시게 하다

· 깃들이다 : 새나 짐승 따위가 보금자리를 만들어 그 속에 살다

· 깨단하다 : 오랫동안 생각해내지 못한 일 따위를 어떤 실마리로 깨닫다

· 꼬드기다 : 어떠한 일을 하도록 남의 마음을 꾀어 부추기다

· 꼲다 : 잘잘못을 따져서 평가하다

• ㄴ

· 나부대다 : 얌전히 있지 못하고 철없이 촐랑거리다(나대다)

· 나라지다 : 심신이 피곤하여 나른해지다

· 나번득이다 : 잘난 체하고 함부로 덤비다

· 내박치다 : 힘껏 집어 내던지다

· 너붓거리다 : 엷은 천이나 종이 따위가 자꾸 나부끼어 흔들리다

· 널브러지다 : 너저분하게 널려 있거나 흩어지다

· 노그라지다 : 지쳐서 맥이 빠지고 축 늘어지다

· 노박히다 : 계속해서 한곳에만 붙박이거나 골몰하다

· 농익다 : 과실 따위가 흐무러지도록 푹 익다

· 눌러보다 : 잘못을 탓하지 않고 너그럽게 보다

· 느즈러지다 : 긴장이 풀려 느긋하게 되다

· 능갈치다 : 교묘하게 잘 둘러대다

· 능놀다 : 쉬어가며 일을 천천히 하다

· 능두다 : 넉넉하게 여유를 두다

• ㄷ

· 덜퍽부리다 : 큰 목소리로 떠들며 몹시 심술을 부리다

· 데시기다 : 먹고 싶지 않은 음식을 억지로 먹다

· 데알다 : 자세히 모르고 대강 또는 반쯤만 알다

· 도닐다 : 가장자리를 빙빙 돌며 거닐다

· 도두보다 : 실상보다 좋게 보다

· 도르다 : 그럴듯하게 말하여 남을 속이다

· 동티나다 : 잘못 건드려 스스로 재앙을 입다

· 되뜨다 : 이치에 어긋나다

· 되술래잡히다 : 나무라야 할 처지에 있는 사람이 도리어 꾸중을 듣다

· 되작이다 : 물건들을 요리조리 들추며 뒤지다

· 두남두다 : 잘못을 두둔하다, 애착을 가지고 돌보다

· 두덮다 : 접어 두고 관심을 두지 아니하다

· 둥개다 : 일을 감당하지 못하고 쩔쩔매다

· 들꾀다 : 한곳에 여럿이 모여들다

· 들떼리다 : 남의 감정을 건드려 몹시 화나게 하다

· 들이울다 : 몹시 심하게 울다

· 뎀들다 : 성난 얼굴로 서로 덤벼들어 말다툼하다

• ㅁ

· 멱차다 : 더 이상 할 수 없는 한도에 이르다

· 모뜨다 : 남이 하는 짓을 그대로 흉내 내어 본뜨다

· 모집다 : 허물이나 결함 따위를 명백하게 지적하다

· 몽글리다 : 옷맵시를 가뜬하게 차려 모양을 내다

· 몽따다 : 알고 있으면서 일부러 모르는 체하다

· 무수다 : 사정없이 때리고 부수다

· 묵새기다 : 별로 하는 일 없이 한곳에 묵으면서 세월을 보내다

· 미대다 : 일을 제때에 하지 않고 질질 끌다

• ㅂ

· 바장이다 : 부질없이 짧은 거리를 오락가락하다

· 반둥건둥하다 : 일을 다 끝내지 못하고 중도에서 성의 없이 그 만두다

· 발보이다 : 자랑하기 위해 자기의 재주를 일부러 드러내 보이다

· 배돌다 : 한데 어울리지 않고 동떨어져 행동하다(베돌다)

· 버물다 : 못된 일이나 범죄에 관계하다

· 볼맞다 : 서로 손발이 맞다

· 볼물다 : 못마땅하여 골이 나다

· 부닐다 : 가까이 따르며 붙임성 있게 굴다

· 부접하다 : 가까이 사귀거나 다가서다

· 붙매이다 : 사람이나 어떤 일에 매여 벗어나지 못하다

· 비다듬다 : 자꾸 매만져서 곱게 다듬다

· 비사치다 : 똑바로 말하지 않고 에둘러서 은근히 깨우치다

· 빠대다 : 아무 할 일 없이 이리저리 쏘다니다

· 빼쏘다 : 성격이나 모습이 꼭 닮다

• ㅅ

· 새롱거리다 : 경솔하고 방정맞게 까불며 자꾸 지껄이다(새롱대다)

· 새살떨다 : 성질이 차분하지 못하고 가벼워 실없이 수선을 부리다

· 새수나다 : 갑자기 좋은 수가 생기다, 뜻밖에 재물이 생기다

· 새잡다 : 남의 비밀 이야기를 엿듣다

· 새치부리다 : 몹시 사양하는 척하다

· 섞사귀다 : 지위, 처지가 다른 사람들끼리 서로 가깝게 지내다

· 시뻐하다 : 마음에 차지 아니하여 시들하게 생각하다

· 시새우다 : 자기보다 잘되거나 나은 사람을 공연히 미워하고 싫어하다

· 씻부시다 : 그릇 따위를 물에 씻어서 깨끗하게 하다

· ㅇ

· 안추르다 : 고통이나 분노를 꾹 참고 가라앉히다

· 알겨먹다 : 남의 재물 따위를 좀스러운 말과 행위로 꾀어 빼앗아 가지다

· 알아방이다 : 무슨 일의 낌새를 알고 미리 대비하다

· 앙버티다 : 끝까지 대항하여 버티다

· 앙잘거리다 : 작은 소리로 원망스럽게 종알종알 군소리를 자꾸 내다

· 애나다 : 안타깝고 속이 상하다

· 애당기다 : 마음에 이끌리다

· 앵돌아지다 : 노여워서 토라지다

· 야기부리다 : 불만을 품고 야단을 부리다

· 약비나다 : 정도가 너무 지나쳐서 진저리가 날 만큼 싫증이 나다

· 어기대다 : 순순히 따르지 않고 못마땅한 말이나 행동으로 뻗대다

· 어름거리다 : 말이나 행동을 똑똑하게 분명히 하지 못하고 우물쭈물하다

· 엇가다 : 말이나 행동이 사리에 어그러지게 나가다

· 엇달래다 : 그럴듯하게 달래다

· 에돌다 : 곧바로 선뜻 나아가지 않고 멀리 피하여 돌다

· 에우다 : 사방을 빙 둘러싸다.

· 여겨듣다 : 정신을 기울여 새겨듣다

· 영피다 : 기운을 내거나 기를 펴다

· 옭다 : 꾀를 써서 남을 함정에 빠뜨리다

· 욱대기다 : 난폭하게 윽박질러 위협하다

· 웅숭크리다 : 춥거나 두려워 몸을 궁상맞게 몹시 웅그리다

· 이울다 : 꽃이나 잎이 시들다

· 익삭이다 : 분한 마음을 꾹 눌러 참다

• ㅈ

· 주억거리다 : 고개를 앞뒤로 천천히 끄덕거리다

· 자드락거리다 : 남이 귀찮아하도록 자꾸 성가시게 굴다

· 잦추르다 : 잇따라 재촉하여 바싹 몰아치다

· 저어하다 : 염려하거나 두려워하다

· 좌뜨다 : 생각이 남보다 뛰어나다

· 지분거리다 : 짓궂은 말이나 행동 따위로 자꾸 남을 귀찮게 하다

· 지싯거리다 : 남이 싫어하는데도 자기가 좋아하는 것만 자꾸 요구하다

· 초라떼다 : 격에 맞지 않는 짓이나 차림새로 창피를 당하다

· 치살리다 : 지나치게 치켜세우다

• ㅌ

· 타시락거리다 : 조그만 일로 옥신삭신하며 우기거나 다투다

· 타울거리다 : 어떤 일을 이루려고 바득바득 애쓰다

· 톺다 : 틈이 있는 곳마다 모조리 더듬어 뒤지면서 찾다

· 투그리다 : 싸우려고 으르대며 잔뜩 벼르다

• ㅍ

· 파임내다 : 일치한 의견을 나중에 다른 소리를 하여 그르치게 하다

· 판때리다 : 옳고 그름이나 선악을 가려 판단하다

· 패대기치다 : 어떤 일이나 물건을 거칠게 내던지다

· 퍼더버리다 : 팔다리를 아무렇게나 편하게 뻗다

• ㅎ

· 하리다 : 마음껏 사치하다

· 해죽거리다 : 만족스러운 듯이 귀엽게 살짝 자꾸 웃다(해죽대다)

· 허닥하다 : 모아 둔 물건이나 돈을 헐어서 쓰기 시작하다

· 허전거리다 : 다리에 힘이 아주 없어 쓰러질 듯이 계속 걷다

· 후무리다 : 남의 물건을 슬그머니 훔쳐 가지다

· 훌뿌리다 : 함부로 마구 뿌리다

· 흐놀다 : 무엇인가를 몹시 그리면서 동경하다

· 흠하다 : 남의 부족한 점을 들추어내거나 말하다

· 희짜뽑다 : 가진 것이 없으면서 짐짓 분수에 넘치게 굴다

〈형용사〉

• ㄱ

· 가년스럽다 : 보기에 가난하고 어려운 데가 있다(거년스럽다)

· 가량맞다 : 조촐하지 못하여 격에 어울리지 않다

· 가뭇없다 : 보이던 것이 감쪽같이 없어져 찾을 길이 없다

· 가붓하다 : (마음이) 가볍고 홀가분하다

· 가즈럽다 : 가진 것도 없으면서 가진 체하며 뻐기는 티가 있다

· 각다분하다 : 일을 해 나가기가 힘들고 고되다

· 감풀다 : 거칠고 사납다

· 강파르다 : 몸이 야위고 파리하다, 성미가 까다롭고 괴팍하다

· 개감스럽다 : 음식을 욕심껏 먹어대는 꼴이 보기에 흉하다

· 객쩍다 : 행동이나 말, 생각이 쓸데없고 싱겁다

· 거방지다 : 하는 짓이 점잖고 무게가 있다

· 거시시하다 : 눈이 맑지 아니하고 침침하다

· 거추없다 : 하는 짓이 어울리지 않고 싱겁다

· 걸쌍스럽다 : 일솜씨가 뛰어나고 먹음새가 탐스럽다

· 게걸스럽다 : 몹시 먹고 싶거나 하고 싶은 욕심에 사로잡힌 듯 하다

· 겨우르다 : 야멸치고 박정하다

· 고깝다 : 섭섭하고 야속하여 마음이 언짢다

· 고리삭다 : 젊은이다운 활발한 기상이 없고 하는 짓이 늙은이

같다

· 고상고상하다 : 잠이 오지 않아 누운 채로 뒤척거리며 애쓰다

· 고즈넉하다 : 잠잠하고 다소곳하다, 조용하고 얌전하다

· 골막하다 : 담긴 것이 가득 차지 않고 조금 모자란 듯하다

· 곰바지런하다 : 시원시원하게 일은 못하지만 꼼꼼하고 바지런하다

· 곰살갑다 : 겉으로 보기보다 성질이 부드럽고 다정하다.

· 곰팡스럽다 : 말이나 행동이 고리타분하고 괴벽스럽다

· 공연스럽다 : 까닭이나 필요가 없어 보이다

· 공칙스럽다 : 보기에 일이 공교롭게 잘못된 데가 있다

· 괘꽝스럽다 : 말이나 행동이 엉뚱하고 괴이한 데가 있다

· 괴괴하다 : 쓸쓸한 느낌이 들 정도로 아주 고요하다

· 괴덕스럽다 : 말이나 행동이 실없고 수선스러워 미덥지 못하다

· 구덥다 : 굳건하고 확실하여 아주 미덥다

· 구성지다 : 천연스럽고 구수하며 멋지다

· 구순하다 : 서로 사귀거나 지내는 데 사이가 좋아 화목하다

· 구지레하다 : 상태나 언행 따위가 더럽고 지저분하다

· 굼뜨다 : 동작, 진행 과정 따위가 답답할 만큼 매우 느리다

· 귀꿈스럽다 : 어딘가 어울리지 아니하고 촌스럽다

· 그악스럽다 : 보기에 사납고 모진 데가 있다

· 기껍다 : 마음속으로 은근히 기쁘다

· 길차다 : 아주 알차게 길다, 나무가 우거져 깊숙하다

· 꺽세다 : 매우 단단하고 힘이 세다

· 껄끄럽다 : 무난하거나 원만하지 못하고 매우 거북한 데가 있다

· 꼭하다 : 변통성이 없이 정직하고 고지식하다

· 꿈만하다 : 어찌하여야 할지 몰라 막막하다

· 끌밋하다 : 모양이나 차림새 따위가 매우 깨끗하고 훤칠하다

• ㄴ

· 너렁청하다 : 탁 트여서 시원스럽게 넓다

· 너볏하다 : 몸가짐이나 행동이 번듯하고 의젓하다

· 노작지근하다 : 몹시 노곤하다

· 느껍다 : 어떤 느낌이 마음에 북받쳐서 벅차다

• ㄷ

· 다랍다 : 아니꼬울 만큼 잘고 인색하다

· 다붓하다 : 조용하고 호젓하다

· 달금하다 : 감칠맛이 있게 꽤 달다

· 대살지다 : 몸이 야위고 파리하다

· 더넘스럽다 : 다루기에 버거운 데가 있다

· 던적스럽다 : 하는 짓이 보기에 매우 치사하고 더러운 데가 있다

· 덜퍽지다 : 푸지고 탐스럽다

· 덩둘하다 : 매우 둔하고 어리석다

· 데면데면하다 : 사람을 대하는 태도가 친밀감이 없이 예사롭다

· 데퉁스럽다 : 말과 행동이 거칠고 미련한 데가 있다

· 도섭스럽다 : 주책없이 능청맞고 수선스럽게 변덕을 부리다

· 도지다 : 매우 심하고 호되다

· 돈바르다 : 성미가 너그럽지 못하고 까다롭다

· 동뜨다 : 다른 것들보다 훨씬 뛰어나다

· 뒤넘스럽다 : 주제넘게 행동하여 건방진 데가 있다

· 드습다 : 알맞게 뜨뜻하다

· 뚱딴지같다 : 너무나 뜻밖으로 엉뚱하다

· 뜨막하다 : 사람들의 왕래나 소식 따위가 자주 있지 않다

· 뜨악하다 : 마음이 선뜻 내키지 않아 꺼림칙하고 싫다

· 뜸직하다 : 말이나 행동이 매우 속이 깊고 무게가 있다

• ㅁ

· 마뜩하다 : 제법 마음에 들다

· 매몰차다 : 인정이나 싹싹한 맛이 없고 아주 쌀쌀맞다

· 매시근하다 : 기운이 없고 나른하다

· 맵자하다 : 모양이 제격에 어울려서 맞다

· 맵짜다 : 성미가 사납고 독하다

· 메꿎다 : 고집이 세고 심술궂다

· 몰강스럽다 : 인정이 없이 억세며 성질이 악착같고 모질다

· 미쁘다 : 믿음성이 있다

· 미욱스럽다 : 매우 어리석고 미련한 데가 있다

• ㅂ

· 바따라지다 : 음식의 국물이 바특하고 맛이 있다

· 바잡다 : 마음이 자꾸 끌리어 참기 어렵다

· 바특하다 : 국물이 조금 적어 묽지 아니하다

· 반지랍다 : 매끄럽고 윤이 나다

· 반지빠르다 : 말이나 행동이 얄미울 정도로 민첩하고 약삭빠르다

· 발막하다 : 염치없고 뻔뻔스럽다

· 발만스럽다 : 두려워하거나 삼가는 태도가 없이 꽤 버릇없다

· 발밭다 : 기회를 놓치지 않고 재빠르게 붙잡아 이용하는 소질이 있다

· 배젊다 : 나이가 아주 젊다

· 번지럽다 : 기름기나 물기 따위가 묻어서 윤이 나고 미끄럽다

· 별쭝나다 : 말이나 하는 짓이 아주 별스럽다

· 복성스럽다 : 생김새가 모난 데 없이 도톰하여 복이 있을 듯하다

· 뼈지다 : 하는 말이 매우 야무지고 강단이 있다

• ㅅ

· 사날없다 : 붙임성이 없이 무뚝뚝하다

· 사박스럽다 : 성질이 보기에 독살스럽고 야멸친 데가 있다

· 사위스럽다 : 마음에 불길한 느낌이 들고 꺼림칙하다

· 산드러지다 : 태도가 맵시 있고 말쑥하다

· 살천스럽다 : 쌀쌀하고 매섭다

· 삼사하다 : 지내는 사이가 조금 서먹서먹하다
· 삽삽스럽다 : 태도나 마음 씀씀이가 부드럽고 사근사근한 데가 있다
· 새뜻하다 : 새롭고 산뜻하다
· 새살스럽다 : 성질이 차분하지 못하고 가벼워 실없이 수선을 부리다
· 새참하다 : 새뜻하고 참하다
· 샘바르다 : 샘이 심하다
· 생게망게하다 : 하는 행동이나 말이 갑작스럽고 터무니없다
· 생경하다 : 익숙하지 않아 어색하다
· 생급스럽다 : 하는 일이나 행동 따위가 뜻밖이고 갑작스럽다
· 생뚱맞다 : 하는 행동이나 말이 상황에 맞지 아니하고 엉뚱한 데가 있다
· 서름하다 : 남과 가까이 못하고 사이가 조금 서먹하다
· 설뚱하다 : 마음이나 분위기가 들뜨고 어수선하다
· 설면하다 : 자주 만나지 못하여 낯이 좀 설다
· 소담스럽다 : 생김새가 탐스러운 데가 있다
· 소도록하다 : 수량이 제법 많아서 소복하다
· 소사스럽다 : 보기에 행동이 좀스럽고 간사한 데가 있다
· 소슬하다 : 으스스하고 쓸쓸하다
· 수굿하다 : 흥분이 좀 가라앉은 듯하다
· 수나롭다 : 무엇을 하는 데 어려움이 없이 순조롭다

· 수더분하다 : 성질이 까다롭지 아니하여 순하고 무던하다

· 스스럽다 : 서로 사귀는 정분이 두텁지 않아 조심스럽다

· 시망스럽다 : 몹시 짓궂은 데가 있다

· 시먹다 : 버릇이 못되게 들어 남의 말을 듣지 않는 경향이 있다.

· 시쁘다 : 마음에 들지 않아 시들하다, 대수롭지 않다

· 실답다 : 꾸밈이나 거짓이 없이 참되고 미덥다

· 실팍하다 : 사람이나 물건 따위가 보기에 매우 실하다

· 심드렁하다 : 마음에 탐탁하지 아니하여 관심이 거의 없다

· 썩썩하다 : 눈치가 빠르고 서근서근하다

· 썰썰하다 : 속이 빈 것처럼 시장한 느낌이 있다

• ㅇ

· 아귀세다 : 남에게 쉽사리 굽히지 않은 꿋꿋한 데가 있다

· 아귀차다 : 휘어잡기 어려울 만큼 벅차다

· 아금받다 : 야무지고 다부지다

· 아기똥하다 : 말이나 행동 따위가 거만하고 앙큼한 데가 있다

· 아령칙하다 : 기억이나 형상 따위가 긴가민가하여 또렷하지 아니하다

· 아스라하다 : 기억이 분명하게 나지 않고 가물가물하다

· 안차다 : 겁이 없고 야무지다

· 알끈하다 : 기회를 놓치고서 오랫동안 잊지 못해 아쉬운 감이 있다

· 암팡지다 : 몸은 작아도 힘차고 다부지다

· 앙세다 : 몸은 약하여 보여도 힘이 세고 다부지다

· 앙증맞다 : 작으면서도 갖출 것은 다 갖추어 깜찍하고 귀엽다

· 애동대동하다 : 몹시 젊다

· 애잔하다 : 몹시 가냘프고 약하다, 애처롭고 애틋하다

· 앵하다 : 기회를 놓치거나 손해를 보아서 분하고 아깝다

· 야젓하다 : 됨됨이나 태도가 점잖고 무게가 있다

· 어기차다 : 한번 마음먹은 뜻을 굽히지 아니하고 성질이 매우 굳세다

· 어령칙하다 : 기억이나 형상 따위가 긴가민가하여 뚜렷하지 아니하다

· 어정뜨다 : 이쪽도 저쪽도 아니고 어중간하다

· 어줍다 : 말이나 행동이 익숙지 않아 서투르고 어설프다

· 엄전하다 : 태도나 행실이 정숙하고 점잖다

· 엇되다 : 조금 건방지다

· 여낙낙하다 : 성품이 곱고 부드러우며 상냥하다

· 영절스럽다 : 아주 그럴듯하다

· 오감하다 : 지나칠 정도라고 느낄 만큼 고맙다

· 오달지다 : 허술한 데가 없이 야무지고 알차다

· 오롯하다 : 모자람이 없이 온전하다

· 올차다 : 허술한 데가 없이 야무지고 기운차다

· 옹골지다 : 실속이 있게 속이 꽉 차 있다

· 왜자하다 : 소문이 온 동네에 널리 퍼져 요란하다(왁자하다)

· 용천하다 : 꺼림칙한 느낌이 있어 매우 좋지 않다

· 용퉁하다 : 소견머리가 없고 미련하다

· 우두망찰하다 : 갑작스런 일로 얼떨떨하여 어찌할 바를 모르다

· 우련하다 : 형태가 약간 나타나 보일 정도로 희미하다

· 울멍지다 : 크고 뚜렷한 것들이 두드러지다

· 웅숭깊다 : 생각이나 뜻이 크고 넓다

· 음전하다 : 말이나 행동이 곱고 우아하다

· 의뭉스럽다 : 겉으로는 어리석어 보이나 속으로는 엉큼한 데가 있다

· 이악스럽다 : 달라붙는 기세가 굳세고 끈덕진 데가 있다

· 일매지다 : 모두 다 고르고 가지런하다

• ㅈ

· 자그럽다 : 날카로운 소리가 신경을 자극하여 몹시 듣기에 거북하다

· 자닝스럽다 : 애처롭고 불쌍하여 차마 보기 어려운 데가 있다

· 자별하다 : 친분이 남보다 특별하다

· 잗다랗다 : 볼만한 가치가 없을 정도로 하찮다

· 저어하다 : 염려하거나 두려워하다

· 종요롭다 : 없어서는 안 될 정도로 매우 긴요하다

· 중뿔나다 : 하는 일이나 모양이 엉뚱하고 유별나다

· 지더리다 : 성품이나 행실이 지나치게 더럽고 야비하다

· 직수굿하다 : 저항하거나 거역하지 않고 복종하는 태도를 보이다

· 짓쩍다 : 부끄럽고 면목이 없다

· 짜하다 : 퍼진 소문이 왁자하다

· 쩍지다 : 상대하기가 만만치 않거나 힘겹다

· 찐덥다 : 남을 대하기가 마음에 흐뭇하고 만족스럽다

• ㅊ

· 찬찬하다 : 성질이나 솜씨, 행동 따위가 꼼꼼하고 자상하다

· 초름하다 : 넉넉하지 못하고 조금 모자라다

· 추레하다 : 겉모양이 깨끗하지 못하고 생기가 없다

· 칙살맞다 : 하는 짓이나 말이 얄밉고 더럽다

• ㅌ

· 타끈스럽다 : 치사하고 인색하며 욕심이 많은 데가 있다

· 타분하다 : 음식의 냄새나 맛이 신선하지 못하다

• ㅍ

· 패악하다 : 도리에 어긋나고 흉악하다

· 팽패롭다 : 성질이 까다롭고 별난 데가 있다

· 포실하다 : 살림이나 물건 따위가 넉넉하고 오붓하다

· 푼더분하다 : 사람의 성품 따위가 옹졸하지 않고 활달하다

· 푼푼하다 : 모자람이 없이 넉넉하다

• ㅎ

· 함함하다 : 털이 보드랍고 반지르르하다

· 해망쩍다 : 영리하지 못하고 어리석다

· 해사하다 : 얼굴이 희고 곱다랗다

· 허수하다 : 마음이 허전하고 서운하다

· 허줄하다 : 차림새가 보잘것없고 초라하다

· 허출하다 : 허기가 지고 출출하다

· 헌걸차다 : 매우 풍채가 좋고 의기가 당당한 듯하다(헌걸스럽다)

· 헙헙하다 : 활발하고 융통성이 있으며 대범하다

· 호도깝스럽다 : 말이나 행동이 조급하고 경망스러운 데가 있다

· 훈감하다 : 맛이 진하고 냄새가 좋다, 푸짐하고 호화스럽다

· 휘휘하다 : 무서운 느낌이 들 정도로 고요하고 쓸쓸하다

· 흐벅지다 : 탐스럽게 두툼하고 부드럽다

· 희떱다 : 실속 없고 과장이 많아 아니꼽거나 눈꼴사납다

· 희붐하다 : 날이 새려고 빛이 희미하게 돌아 약간 밝은 듯하다

〈부사〉

• ㄱ

· 가뜩에 : 어려운 데다가 그 위에 또

· 가분가분 : 말이나 행동 따위가 매우 가벼운 모양

· 갖추 : 있는 대로 고르게, 고루 갖추어

· 개코쥐코 : 쓸데없는 이야기로 이러쿵저러쿵하는 모양

· 거슴츠레 : 눈에 정기가 풀려 흐리멍덩한 모양

· 결결이 : 어떤 일이 일어나는 그때그때마다

· 고시랑고시랑 : 못마땅하여 군소리를 좀스럽게 자꾸 하는 모양

· 고즈넉이 : 고요하고 아늑하게

· 곰비임비 : 물건이 계속 쌓이거나 일이 계속 일어남을 나타냄

· 곱다시 : 무던히 곱게(고운 듯이)

· 귀둥대둥 : 말이나 행동 따위를 되는대로 아무렇게나 하는 모양

· 길길이 : 성이 나서 펄펄 뛰는 모양

· 꾀꾀로 : 가끔가끔 틈을 타서 살그머니

• ㄴ

· 나붓나붓 : 얇은 천이나 종이 따위가 자꾸 나부끼는 모양

· 남상남상 : 액체가 그릇에 가득 차서 넘칠 듯한 모양

· 노량으로 : 어정어정 놀면서 느릿느릿

· 노상 : 언제나 변함없이 한 모양으로 줄곧

· 느닷없이 : 뜬금없이, 난데없이, 대뜸

· 느루 : 한꺼번에 몰아치지 않고 오래도록

· 늦추 : 때가 늦게

· 닁큼 : 머뭇거리지 않고 단번에 빨리

• ㄷ

· 다짜고짜 : 앞뒤사정을 덮어 놓고 단박에(다짜고짜 대들다)

· 단박 : 그 자리에서 바로(단박 알아차리다)

· 더금더금 : 어떤 것에 조금씩 자꾸 더하는 모양

· 더덜없이 : 더하거나 덜함이 없이

· 더뻑 : 앞뒤를 헤아리지 않고 마구 행동하는 모양

· 도파니 : 여러 말 할 것 없이 죄다 몰아서

· 된통 : 되게, 몹시

· 따따부따 : 딱딱한 말씨로 따지고 다투는 모양

· 또바기 : 언제나 한결같이 꼭 그렇게

· 뚜벙 : 난데없이 불쑥

• ㅁ

· 모모이 : 이런 면 저런 면마다

· 모짝 : 한 번에 있는 대로 다 몰아서

· 목목이 : 중요한 길목마다

· 미주알고주알 : 아주 사소한 일까지 속속들이

• ㅂ

· 바리바리 : 이것저것 많이(바리바리 짐을 싸다)

· 부루 : 한꺼번에 없애지 아니하고 오래가도록 늘여서

· 부리나케 : 서둘러서 아주 급하게

• ㅅ

· 살포시 : 포근하게 살며시(보시시)

· 숭굴숭굴 : 얼굴 생김새가 귀염성이 있고 너그럽게 생긴 모양

· 시거에 : 다음은 어찌되었든 우선 급한 대로

· 시나브로 : 모르는 사이에 조금씩 조금씩

• ㅇ

· 아근바근 : 서로 마음이 맞지 아니하여 사이가 벌어진 모양(어근버근)

· 아닥치듯 : 몹시 심하게 말다툼하는 모양

· 야다하면 : 어찌할 수 없이 긴급하게 되면

· 어살버살 : 이러니저러니 말이 많은 모양

· 어우렁더우렁 : 여러 사람들과 어울려 들떠서 지내는 모양

· 어정버정 : 하는 일 없이 이리저리 천천히 걷는 모양

· 엉기정기 : 질서 없이 여기저기 벌려 놓은 모양

· 오롯이 : 고요하고 쓸쓸하게, 호젓하게

· 올망졸망 : 작고 또렷한 것들이 고르지 않게 많이 벌여 있는 모양

· 이드거니 : 충분한 분량으로 만족스러운 모양

• ㅈ

· 자못 : 생각보다 매우

· 자지리 : 아주 몹시, 지긋지긋하게(지지리)

· 적이나하면 : 형편이 다소나마 된다면

· 조곤조곤 : 성질이나 태도가 조금 은근하고 끈덕진 모양

· 조릿조릿 : 조바심이 나서 마음을 놓을 수 없는 모양

· 조추 : 차차 나중에

· 즈런즈런 : 살림살이가 넉넉하여 풍족한 모양

· 지며리 : 차분하고 꾸준한 모양

· 지질히 : 보잘것없고 변변치 못하게

• ㅍ

· 파니 : 아무 하는 일 없이 노는 모양(퍼니)

· 퍼뜩 : 얼른, 곧

• ㅎ

· 함치르르 : 깨끗하고 반지르르 윤이 나는 모양

· 흐리마리 : 생각이나 기억 따위가 분명하지 아니한 모양

· 흔전만전 : 매우 넉넉하고 흔한 모양

· 흥이야항이야 : 남의 일에 쓸데없이 참견하여 이래라저래라 하는 모양

관용어

관용어는 우리 언어문화에서 관습적으로 널리 쓰며 전해온 말이다. 보통 명사와 동사의 합성어 형식을 취한 것으로 영어의 숙어처럼 별도의 독특한 의미를 갖는다. 관용어를 적절히 사용하면 글의 내용을 강조하고 심오하게 표현할 수 있다. 또한 단어들의 끈끈한 조화로 문장의 리듬이 돋보이게 하는 역할을 한다.

• ㄱ

· 가탈을 부리다 : 일이 순조롭게 되지 못하도록 트집 잡아 까다롭게 굴다

· 건몸을 달다 : 공연히 혼자서만 애쓰며 안달하다

· 곁쐐기를 박다 : 남을 이간하기 위하여 방해를 놓다

· 고개를 주억거리다 : 미심쩍은 듯이 서서히 고개를 끄덕거리다

· 고패를 숙이다 : 약자가 되어 머리를 숙이다

· 꺽짓손이 세다 : 사람을 휘어잡고 어려운 일을 해낼 만한 수단이 있다
· 꼭뒤를 지르다 : 남의 앞장을 질러 말하거나 행동하다

• ㄴ

· 난든집이 나다 : 손에 익숙하여지다
· 느루 먹다 : 소비를 절약하여 예정보다 더 오랫동안 먹다
· 늑줄을 주다 : 엄한 감독을 늦추어 조금 자유롭게 하다

• ㄷ

· 달팽이 뚜껑 덮다 : 입을 꼭 다문 채 좀처럼 말이 없다
· 담타기를 쓰다 : 남으로부터 허물이나 걱정거리를 넘겨받다
· 도섭을 부리다 : 수선스럽고 능청맞게 변덕을 부리다
· 동곳을 빼다 : 힘이 모자라서 복종하다
· 동티가 난다 : 건드리지 않을 것을 건드려서 스스로 재앙을 사다
· 된서방을 맞다 : 몹시 어렵고 까다로운 일을 당하다
· 뒤웅박 신은 것 같다 : 일이 되어가는 모양이 위태위태하다
· 따리를 붙이다 : 남의 마음을 사려고 아첨하다
· 딴죽을 치다(걸다) : 동의하였던 일을 딴전을 부려 어기다

• ㅁ

· 마각이 드러나다 : 숨기고 있던 일이나 본디 모습이 드러나다

· 말짱 도루묵이다 : 모든 것이 헛되게 되다

· 매개를 보다 : 일이 되어가는 형편을 보다

· 메지를 내다(짓다) : 어떤 일의 단락을 지어 끝내다

· 명토를 박다 : 누구 또는 무엇이라고 지목하다

· 모질음을 쓰다 : 고통을 이겨내려고 모질게 힘을 쓰다

· 목대를 잡다 : 여러 사람을 거느리고 일을 시키다

· 물 찬 제비 : 몸매가 날씬하고 옷맵시가 깔끔한 사람을 비유한 말

• ㅂ

· 반죽이 좋다 : 노여움이나 부끄러움을 타지 아니하다

· 발샅의 때꼽재기 : 아주 보잘것없고 가치도 없는 것

· 버력을 입다 : 하늘이나 신령의 벌을 받다

· 벗바리가 좋다 : 뒷배를 보아주는 사람이 많다

· 부접을 못하다 : 감히 가까이 사귀거나 다가들지 못하다

• ㅅ

· 사개가 맞다 : 말이나 사리의 앞뒤 관계가 딱 들어맞다

· 산통을 깨다 : 어떤 일을 이루지 못하게 뒤틀다

· 살손을 붙이다 : 어떤 일에 정성을 다하여 힘껏 하다

· 섟이 삭다 : 불끈 일어났던 노여움이나 좋지 않은 감정이 풀리다

· 솔발을 놓다 : 남의 비밀을 발설하여 소문내다

• ㅇ

· 아삼륙이다 : 서로 잘 어울리는 짝이다

· 악어의 눈물을 보이다 : 거짓 눈물이나 거짓 참회를 보이다

· 어깃장을 놓다 : 고분고분 따르지 않고 뻗대다

· 억장이 무너지다 : 몹시 분하거나 슬퍼서 가슴이 무너지는 듯하다

· 연밥을 먹이다 : 살살 구슬려서 꼬드기다

· 오금을 못 쓰다 : 몹시 마음이 끌리거나 두려워서 꼼짝 못하다

· 오금이 저리다 : 잘못이 금방 탄로날까 봐 몹시 마음을 졸이다

· 오지랖이 넓다 : 쓸데없이 지나치게 아무 일에나 참견하는 면이 있다

· 인두겁을 쓰다 : 겉으로만 사람이지 행실이나 바탕은 사람답지 못하다

• ㅈ

· 자라목이 되다 : 사기나 기개 따위가 움츠러들다

· 자빡을 대다(치다) : 아주 딱 잘라 거절하다

· 찜부럭을 내다 : 몸이나 마음이 괴로워 걸핏하면 짜증을 내다

• ㅊ

· 천불이 나다 : 몹시 거슬리거나 속이 상하다

• ㅎ

· 흰 눈으로 보다 : 업신여기거나 못마땅하게 여기다

속담

속담은 예로부터 오랜 생활체험을 통하여 이루어진 이른바, 민중의 지혜가 응축된 격언으로 그 뜻이 비유적으로 표현되어 있다. 글쓰기에 속담을 적절히 구사하면 보다 이해를 높이고 흥미를 자아낸다.

글쓰기에는 가급적 진부한 용어는 안 쓰는 편이 좋다. 그러나 속담은 예외인 것 같다. 요즈음 우리말을 주도해가는 TV 방송에서도 '하늘의 별따기, 쥐구멍에도 볕들 날이 있다, 엎친 데 덮친다…' 등의 실로 평범한 속담을 접할 수 있다. 여기서는 이처럼 우리 일상에서 잘 알려진 속담은 제외하였다.

• ㄱ

· 가루는 칠수록 고와지고 말은 할수록 거칠어진다 : 말을 가급적 삼가해야 한다

· 가마 속의 콩도 삶아야 먹는다 : 아무리 쉬운 일이라도 손대지

않으면 이익이 돌아오지 않는다

· 가물에 돌 친다 : 무슨 일이든지 미리 대비한다

· 겨울을 지내보아야 봄 그리운 줄 안다 : 고생해 보아야 세상사를 안다

· 가재는 게 편이요 초록은 한빛이라 : 모양이 비슷한 같은 족속끼리 한편이 된다

· 같은 말이라도 '아' 다르고 '어' 다르다 : 비슷한 말이라도 듣기 좋고 싫은 말이 있듯이 말을 가려하라

· 개구리도 움츠려야 뛴다 : 아무리 급할지라도 준비하고 주선할 동안이 있어야 한다

· 개 눈에는 똥만 보인다 : 평소에 가까이 하고 좋아하는 것이 먼저 눈에 띄는 법이다

· 개똥도 약에 쓰려면 없다 : 흔한 것이라도 정작 소용이 있어 찾으면 없다

· 개 새끼도 주인을 보면 꼬리 친다 : 은혜를 모르는 체하는 사람을 조롱하는 말

· 고기가 물을 얻은 격이다 : 굶어 죽게 된 사람이 곡식을 얻어 살아남게 되었다

· 고드름 초장 같다 : 겉보기에는 훌륭한 것 같으나 실지로는 실속이 없다

· 고사리도 꺾을 때 꺾는다 : 무슨 일이든 그에 맞는 시기를 놓치지 말아야 한다

· 고양이는 발톱을 감춘다 : 재주 있는 사람은 그 능력을 깊이 감추고 드러내지 않는다
· 고자쟁이가 먼저 죽는다 : 남에게 해를 입히려고 고자질하는 사람이 먼저 벌을 받는다
· 곤장을 메고 매 맞으러 간다 : 스스로 화를 자초한다
· 구슬이 서 말이라도 꿰어야 보배다 : 아무리 좋은 솜씨와 훌륭한 일이라도 끝을 마쳐야 쓸모가 있다
· 그물도 없이 고기만 탐낸다 : 일은 하지 않고 좋은 성과만 바란다
· 기름 엎지르고 깨 줍는다 : 많은 손해를 보고 조그만 이익을 추구한다
· 기와 한 장 아끼다가 대들보 썩힌다 : 조그마한 것을 아끼다가 큰 손해를 본다

• ㄴ

· 나귀는 제 귀 큰 줄 모른다 : 누구나 남의 허물은 잘 알면서도 자기 자신의 결함은 알기 어렵다
· 내리사랑은 있어도 치사랑은 없다 : 윗사람이 아랫사람을 사랑하는 만큼 아랫사람이 윗사람을 사랑하기는 어렵다
· 내 칼도 남의 칼집에 들면 찾기 어렵다 : 자기의 물건이라도 남의 손에 들어가면 다시 찾기 어렵다
· 냉수 먹고 된똥 눈다 : 아무 쓸모도 없는 재료를 가지고 실속 있는 결과를 만들어 낸다

· 높은 가지가 부러지기 쉽다 : 높은 지위에 있으면 오히려 몰락하기 쉽다
· 눈이 아무리 밝아도 제 코는 안 보인다 : 가까운 자기 허물은 모른다
· 노닥노닥 기워도 비단걸레다 : 헐고 닳았어도 그 가치가 있다

• ㄷ

· 달걀로 치면 노른자다 : 어떤 일이나 사물 중에서 가장 중요한 부분이다
· 달리는 말에 채찍질 한다 : 형편이나 힘이 한창 좋은 때 더욱 힘을 가하고 열심히 한다
· 닭 소 보듯 소 닭 보듯 : 서로 아무런 관심도 두지 않은 사이임을 비유적으로 이르는 말
· 닭쌈에도 텃세한다 : 어디에나 텃세는 있다
· 담벼락하고 말하는 셈이다 : 알아듣지 못하는 사람에게는 아무리 말해도 소용이 없다
· 대추나무 방망이다 : 어렵고 힘든 일이라도 참고 견딜 수 있다
· 도랑치고 가재 잡는다 : 한 가지 일에 두 가지 이득이 생겼다
· 독수리는 파리를 못 잡는다 : 전문성이 있어도 각자 능력이 있다
· 돈이면 귀신도 부른다 : 돈으로 무엇이나 다 할 수 있다는 말
· 돌절구도 밑 빠질 날 있다 : 아무리 단단한 것도 절단이 날 때가 있다
· 두꺼비 씨름하듯 한다 : 서로 힘이 비슷하여 아무리 싸우더라도 승부가 나지 않는다

· 두레박은 우물 안에서 깨진다 : 한번 몸에 밴 직업은 죽을 때까지 종사하게 된다

· 두부 먹다 이 빠진다 : 방심한 데서 뜻밖의 실수를 한다

· 드문드문 걸어도 황소걸음이다 : 속도는 느리지만 일은 착실히 해 나간다

· 뚝배기보다 장맛이 좋다 : 겉모양보다 내용이 훨씬 낫다

• ㅁ

· 마음은 굴뚝같다 : 속으로는 하고 싶은 마음이 많다

· 말똥에 굴러도 이승이 좋다 : 아무리 고생을 하고 천하게 살더라도 죽는 것보다는 낫다

· 맹물에 조약돌 삶은 맛이다 : 아무런 맛도 없음을 이르는 말

· 먹지도 못하는 제사에 절만 죽도록 한다 : 아무 소득이 없는 일에 수고만 한다

· 멱부리 암탉이다 : 바로 눈앞의 것도 모르는 사람을 놀림조로 이르는 말

· 모난 돌이 정 맞는다 : 말과 행동에 모가 나면 미움을 받는다

· 물방아 물도 서면 언다 : 운동을 하지 않고 있으면 건강이 나빠진다

· 물에 빠져도 주머니 밖에 뜰게 없다 : 돈이나 귀중품이 하나도 없는 빈 털털이 신세다

· 미꾸라지 한 마리가 온 물을 흐린다 : 나쁜 사람 하나가 온 집안

이나 온 세상을 더럽히고 어지럽게 한다

· 미주알고주알 밑두리콧두리 캔다 : 속속들이 자세히 알아본다

• ㅂ

· 바람 먹고 구름똥 싼다 : 허풍만 세고 실속이 없다

· 버들가지가 바람에 꺾일까 : 부드러운 것이 단단한 것보다 더 강하다

· 버선이라면 뒤집어나 보이지 : 상대방의 의심을 풀어주지 못하여 매우 답답하고 속상하다

· 변죽을 치면 복판이 울린다 : 슬며시 귀띔만 해주어도 눈치가 빠른 사람은 곧 알아듣는다

· 부뚜막의 소금도 집어넣어야 짜다 : 쉽고 좋은 기회나 형편도 이용하지 않으면 소용이 없다

· 비는 데는 무쇠도 녹인다 : 자기의 잘못을 뉘우치고 빌면 아무리 완고한 사람이라도 용서해 준다

· 빈 수레가 더 요란하다 : 지식이 없고 교양이 부족한 사람이 더 아는 체하고 떠든다

• ㅅ

· 새도 가지를 가려서 앉는다 : 어떤 일이든지 사전에 만반의 준비가 있어야 한다

· 새벽달 보자고 초저녁부터 기다린다 : 일을 너무 서두른다

· 생감도 떨어지고 익은 감도 떨어진다 : 늙은 사람만 죽는 것이 아니라 젊은 사람도 죽는다
· 손톱으로 여물을 썰다 : 일을 당하여 혼자서 몹시 애를 태운다
· 송곳도 끝부터 들어간다 : 일에는 순서가 있는 법이다
· 쇠가 쇠를 먹고 살이 살을 먹는다 : 동족끼리 서로 싸우는 것을 이르는 말
· 소똥에 미끄러져 개똥에 코방아 찧는다 : 연거푸 실수하여 어이가 없음을 이르는 말
· 숭어가 뛰니까 망둥이도 뛴다 : 자신의 처지는 생각지 않고 저보다 나은 사람을 모방하려고 애쓴다
· 쌀독에 앉은 쥐 : 부족함이 없고 만족한 처지를 이르는 말
· 썩은 새끼줄도 잡아 당겨야 끊어진다 : 아무리 쉬운 일이라도 하지 않고 기다리고 있으면 이루어지지 않는다

• ㅇ

· 어느 말이 물 마다하고 여물 마다하랴 : 자기가 좋아하는 것은 이것저것 가리지 않고 다 욕심낸다
· 업은 아이 삼 년 찾는다 : 가까운 데 있는 것을 모르고 먼데 가서 여기저기 찾아다닌다
· 엎어진 김에 쉬어 간다 : 기왕 닥친 일에 순응하고 새로운 다짐을 가진다
· 여우볕에 콩 볶아먹는다 : 행동이 매우 민첩함을 비유적으로 이르는 말

· 오달지기는 사돈네 가을 닭이다 : 보기가 좋아도 나와는 아무 상관도 없고 실속도 없다

· 오리五厘 보고 십리十里 간다 : 적은 일이라도 유익한 것이면 수고를 아끼지 아니해야 한다

· 옥에도 티가 있다 : 아무리 훌륭한 물건이나 사람에게도 조그만 흠은 있다

· 우물가에 어린애 보낸 것 같다 : 익숙하지 못한 사람에게 무슨 일을 시켜 놓고 마음이 불안하다

· 울력걸음에 봉충다리 : 여럿이 함께 하는 바람에 평소에 못하던 사람도 할 수 있다는 말

• ㅈ

· 잠결에 남의 다리 긁는다 : 자기를 위한 일이 뜻밖에 남을 위한 일이 되어 버렸다

· 잠을 자야 꿈도 꾼다 : 원인을 짓지 않고는 결과를 바랄 수 없다

· 제 똥 구린 줄은 모른다 : 자기의 허물은 반성할 줄 모른다

· 족제비도 낯짝이 있다 : 염치나 체면을 모르는 사람을 탓하는 말

· 주머니에 들어간 송곳이다 : 선하고 악한 일은 언젠가는 자연히 드러난다

· 죽 푸다 흘려도 솥 안에 떨어진다 : 일이 안되어 손해를 본 것 같지만 따지고 보면 결코 손해는 없다

· 쪽박 빌려주니 쌀 꿔달란다 : 편의를 봐 줄수록 더 요구한다

· 찔러도 피 한 방울 나오지 않는다 : 아주 구두쇠나 인정이 없는 사람을 이르는 말

• ㅊ

· 참깨 들깨 노는 데 아주까리가 못 놀까 : 남들이 다 하는 일을 나라고 못 하겠느냐
· 처 삼촌 묘 벌초하듯 한다 : 일에 정성을 들이지 않고 건성건성 해치워 버린다
· 초상술에 권주가 부른다 : 때와 장소를 구분하지 못하고 행동한다
· 침 뱉은 우물을 다시 먹는다 : 다시는 안 볼 듯이 야박하게 행동하더니 아쉬우니까 다시 찾아온다

• ㅎ

· 호떡집에 불이 났다 : 질서 없이 떠들썩하게 지껄임을 빈정대는 말
· 호박이 넝쿨째 굴러 떨어졌다 : 뜻밖에 좋은 물건이나 횡재를 했을 때 이르는 말
· 황소가 뒷걸음치다가 쥐 잡는다 : 어리석은 사람이 미련한 행동을 하다가 뜻밖에 좋은 성과를 얻음
· 흘러가는 물도 떠 주면 공이 된다 : 쉬운 일이라도 도와주면 은혜가 된다
· 흰죽 먹다 사발 깬다 : 한 가지 것만 좋아하다 다른 일에 손해본다

고사성어

옛날부터 전해 내려온 어구로 그 모양이 '4개의 한자'로 이루어져 사자성어四字成語라고도 한다. 주로 중국에서 전파된 한자어이기에 딱딱한 이미지를 나타낸다.

그러나 우리말처럼 친숙해진 고사성어를 적절히 사용하면 특히 수필에서는 주제의 강조가 깃들고 그 뜻이 중후하다. 여기서는 우리 일상에서 자주 사용하는 주요 고사성어를 제시한 것이다.

• ㄱ

· 감언이설甘言利說 : 비위를 맞추는 달콤한 말

· 감탄고토甘呑苦吐 : 비위에 맞으면 좋아하고 맞지 않으면 싫어함

· 갑남을녀甲男乙女 : 평범한 사람, 장삼이사張三李四

· 거세개탁擧世皆濁 : 온 세상이 다 혼탁함

· 견강부회牽强附會 : 말을 억지로 끌어내어 조리에 닿도록 함(궤변)

· 견마지로犬馬之勞 : 자신의 공적을 극도로 낮춤

· 견원지간犬猿之間 : 사이가 몹시 나쁜 관계

· 결자해지結者解之 : 처음 일을 시작한 사람이 끝을 맺음

· 결초보은結草報恩 : 죽어 혼령이 되어서도 은혜를 잊지 않고 갚음

· 계란유골鷄卵有骨 : 재수 없는 사람은 모처럼 좋은 기회도 놓침

· 계주생면契酒生面 : 남의 물건으로 생색을 냄

· 고육지책苦肉之策 : 매우 궁박한 상황에서 임시방편으로 짜낸 계책

· 고진감래苦盡甘來 : 어려운 일 다음에는 좋은 일이 다가옴

· 과유불급過猶不及 : 적정한 정도에서 일을 마무리하는 것이 좋음

· 곡학아세曲學阿世 : 왜곡된 학문으로 인기를 얻고자하는 태도

· 구곡간장九曲肝腸 : 굽이굽이 사무친 마음속

· 구우일모九牛一毛 : 아주 많은 것 중의 하나

· 군계일학群鷄一鶴 : 여러 사람 중에서 가장 뛰어난 사람

· 권토중래捲土重來 : 어떤 일에 실패 후 힘을 가다듬어 다시 시작함

· 금과옥조金科玉條 : 금이나 옥같이 아주 귀한 법칙이나 규정

· 금상첨화錦上添花 : 좋은 일에 더 좋은 일이 겹침

· 금의야행錦衣夜行 : 아무 보람 없는 행동

· 기사회생起死回生 : 위기에서 벗어나 사태가 호전됨

• ㄴ

· 난형난제難兄難弟 : 누가 뛰어난지 우열을 가리지 못함

· 남가일몽南柯一夢 : 덧없는 꿈, 한 때의 헛된 부귀영화

· 낭중취물囊中取物 : 매우 쉬운 일, 누워서 떡먹기

· 녹음방초綠陰芳草 : 푸르게 우거진 나무와 싱그러운 풀, 여름철의 자연 경치

• ㄷ

· 동병상련同病相憐 : 처지가 서로 비슷한 사람끼리 동정하고 도움

· 동상이몽同床異夢 : 같은 처지에 있으면서 서로 다른 생각을 함

· 두문불출杜門不出 : 집에 들어 앉아 세상 밖으로 나가지 않음

• ㅁ

· 마이동풍馬耳東風 : 남의 말을 귀에 듣지 않고 흘려버림

· 막역지우莫逆之友 : 마음을 거스르는 적이 없는 매우 친한 벗

· 목불식정目不識丁 : 일자무식한 사람, 낫 놓고 기억자도 모름

· 문일지십聞一知十 : 하나를 들으면 열을 암, 매우 총명함

· 물아일체物我一體 : 자연과 동화되어 하나가 된 경지

• ㅂ

· 반면교사反面敎師 : 다른 사람의 잘못이 자신의 잘못을 고치는 데 도움이 됨

· 부창부수夫唱婦隨 : 부부의 화합하는 도리

· 부화뇌동附和雷同 : 아무런 주견 없이 남이 하는 대로 덩달아 행동함

· 비분강개悲憤慷慨 : 슬프고 분하여 개탄함

· 빙산일각氷山一角 : 아주 많은 것 중의 조그마한 부분

• ㅅ

· 사고무친四顧無親 : 사방을 둘러보아도 친척하나 없이 외로움

· 사면초가四面楚歌 : 궁지에 몰려 어려운 상황에 처함

· 사필귀정事必歸正 : 무슨 일이든지 결국은 옳은 대로 돌아감

· 살신성인殺身成仁 : 대의를 위해 자기 목숨을 아끼지 않음

· 삼수갑산三水甲山 : 몹시 어려운 지경, 삼수갑산(을 가더라도)

· 새옹지마塞翁之馬 : 인생의 길흉화복은 돌고 돌아 알 수가 없음

· 수구초심首丘初心 : 근본을 잃지 않음

· 수수방관袖手傍觀 : 해야 할 일에 간여하지 않고 그대로 버려둠

· 순망치한脣亡齒寒 : 한쪽이 없으면 다른 한 쪽도 어려움에 처함

· 식자우환識字憂患 : 학식이 있는 것이 도리어 근심이 됨

· 신언서판身言書判 : 사람됨을 판단하는 4가지 기준(몸, 말, 글, 판단)

· 신토불이身土不二 : 자기가 사는 땅의 농산물이라야 체질에 잘 맞음

· 십시일반十匙一飯 : 여러 사람이 조금씩 도와 어려운 사람에겐 힘이 됨

• ㅇ

· 아비규환阿鼻叫喚 : 군중이 고통 속에서 살려달라고 울부짖는 상태

· 아수라장阿修羅場 : 모진 싸움으로 처참하게 된 곳

· 아전인수我田引水 : 자기 쪽에 유리하게 판단하고 행동함

· 안거낙업安居樂業 : 편안하게 살면서 즐겁게 일함

· 안빈낙도安貧樂道 : 가난해도 마음을 편히 즐겁게 사는 태도

· 어부지리漁父之利 : 둘이 다투는 사이 엉뚱한 제삼자가 이익을 봄

· 억하심정抑何心情 : 무슨 생각으로 그러는지 심정을 알 수가 없음

· 언감생심焉敢生心 : 감히 그런 마음을 품을 수도 없음

· 여리박빙如履薄氷 : 마치 얇은 얼음을 밟은 듯 매우 조심스러움

· 역지사지易地思之 : 상대편의 처지에서 생각해 봄

· 연목구어緣木求魚 : 불가능한 일을 하고자 하는 어리석음

· 오리무중五里霧中 : 일의 갈피를 잡기 어렵고 혼란스러운 상황

· 오비이락烏飛梨落 : 공교롭게 어떤 일이 같은 때에 일어나 의심을 받음

· 오월동주吳越同舟 : 사이가 나쁨에도 어려움을 당해 서로 협력하게 됨

· 온고지신溫故知新 : 옛것을 익혀 새것을 앎

· 와신상담臥薪嘗膽 : 어떤 목적을 이루기 위해 고생을 참고 견딤

· 욕속부달欲速不達 : 일을 빨리 하려 욕심 내면 일을 이루지 못함

· 용두사미龍頭蛇尾 : 처음 출발은 좋으나 끝은 보잘것없이 흐지부지됨

· 유아독존唯我獨尊 : 세상에서 자기만이 잘났다고 뽐내는 일

· 유유상종類類相從 : 같은 무리끼리 서로 어울림

· 유유자적悠悠自適 : 속세를 떠나 조용하고 편안하게 삶
· 은인자중隱忍自重 : 괴로움을 참고 몸가짐을 신중히 함
· 이심전심以心傳心 : 말하지 않아도 마음에서 마음으로 서로 뜻이 통함
· 이판사판理判事判 : 막다른 상황에 이르러 더는 어찌할 수 없는 지경
· 일어탁수一魚濁水 : 한 마리의 고기가 물을 흐림

• ㅈ

· 자가당착自家撞着 : 자기 언행의 앞뒤가 모순되어 맞지 않음
· 자린고비玼吝考妣 : 아니꼬울 정도로 몹시 인색한 사람
· 장삼이사張三李四 : 평범한 보통사람, 갑남을녀
· 적반하장賊反荷杖 : 잘 못한 사람이 도리어 잘한 사람을 나무람
· 전대미문前代未聞 : 앞 시대에 아직 들어 본 적이 없는 일
· 전화위복轉禍爲福 : 좋지 않은 일이 계기가 되어 도리어 좋은 일이 됨
· 절차탁마切磋琢磨 : 학문이나 덕행 등을 열심히 닦음
· 절체절명絕體絕命 : 궁지에 몰려 살아날 길이 없게 막다른 처지
· 절치부심切齒腐心 : 몹시 분하여 이를 갈며 속을 썩임
· 점입가경漸入佳境 : 점차 들어갈수록 아름다운 경치가 나타남
· 정문일침頂門一鍼 : 남의 잘못한 급소를 찔러 충고하는 것
· 조삼모사朝三暮四 : 간사한 꾀로 남을 속이고 농락함

· 중과부적衆寡不敵 : 적은 수로 많은 사람을 대적하지 못함

· 중구난방衆口難防 : 여러 사람의 말을 막기 힘이 듦

· 진퇴유곡進退維谷 : 나아갈 수도 물러 설 수도 없이 난처함, 진퇴양난

• ㅊ

· 청출어람青出於藍 : 제자나 후진이 스승이나 선배보다 더 뛰어남

· 촌철살인寸鐵殺人 : 간단한 말로 사람의 마음을 찔러 감동시킴

· 침소봉대針小棒大 : 작은 일을 크게 불리어 떠벌림

• ㅌ

· 타산지석他山之石 : 다른 사람의 하찮은 언행도 인격수양에 도움이 됨

· 토사구팽兎死狗烹 : 필요 시 소중히 쓰다 필요 없을 때 팽개치듯 버림

• ㅍ

· 표리부동表裏不同 : 겉과 속이 같지 않음

• ㅎ

· 함흥차사咸興差使 : 심부름을 가서 소식이 없거나 돌아오지 않음

· 행운유수行雲流水 : 일 처리에 막힘이 없음, 마음씨가 시원시원함

· 허장성세虛張聲勢 : 실제는 별것이 없으면서 공연히 큰 소리 침

· 형설지공螢雪之功 : 고생하면서도 꾸준히 학문을 닦아 성공함

· 호구지책糊口之策 : 입에 풀칠하며 지내는 가난한 살림

· 화룡점정畵龍點睛 : 가장 중요한 곳에 손을 대어 작품을 완성함

· 화중지병畵中之餠 : 보기만 했지 실제는 얻을 수 없음, 그림의 떡

· 회자정리會者定離 : 만남은 이별을 전제로 함

· 환골탈태換骨奪胎 : 얼굴이나 모습이 이전보다 좋게 완전히 달라짐

· 후안무치厚顏無恥 : 뻔뻔스러워 부끄러워 할 줄 모름

문장표현

글을 읽을 때 마음에 와 닿은 문장이 있다면 메모해 두자. 물론 글의 선호도는 사람의 취향이나 개성에 따라 다르지만 좋은 문장이 있다면 그냥 넘기지 않는 것이 좋다. 개미가 먹이를 물어 나르 듯 자신만의 글쓰기 보물창고에 부지런히 모아 두는 것이다.

모아 둔 문장은 글을 쓸 때, 특히 퇴고 시에 그 보물창고에서 자신의 글에 어울리는 문장을 꺼내어 조미료를 치듯 살짝 가미해 보도록 한다. 자신의 글에 다른 사람의 좋은 문장을 빌려 쓰는 능력이야말로 글쓰기의 달인이 되는 지름길이다.

다음의 문장들은 필자가 글쓰기 공부를 하면서 참고하고 정리한 것 중에서 그 일부를 제시한 것이다. 인물묘사, 감정묘사, 정경묘사, 기타묘사의 4가지로 분류하였다. 감정묘사에서 기쁨이나 즐거움보다 슬픔이나 괴로움이 많은 것은 우리의 삶이 그렇게 녹록하지 않음을 감지할 수 있다.

〈인물묘사〉

· 가방끈 길다고 꼭 능력 있는 것은 아니다.

· 그는 산전, 수전, 공중전 다 겪어서 천하에 무서울 게 없는 사람이다.

· 뭐든 맘만 먹으면 해치워야 직성이 풀리는 꼬락서니라서 얄밉기도 하다.

· 미리 술추렴이나 해두면 깔끔하게 뒤탈까지 막음해줄 녀석이다.

· 비가 내리면 해가 뜨기를 바라고 해가 뜨면 비가 내리기를 바라는 사람은 하늘도 그 비위를 맞출 수 없다.

· 그에게 알음알음 곁불로나마 도움을 받지 않은 사람이 없다.

· 그놈은 실컷 흉을 보아도 양심에 일말의 뒤끝을 남기는 일이 없으니 참 신기한 일이다.

· 앞으로 보나 뒤로 보나 그의 아부는 대승적 아부라고 볼 수밖에 없다.

· 우리는 권커니 잣거니 꼭지가 돌도록 고주망태가 되어 갔다.

· 친척이나 다름없는 사이로 살가운 터수이다.

· 노느니 염불이라도 하는 게 낫다고 아내는 문화원에 다닌다.

· 그는 가정의 평화를 지키기 위해 자신의 한 몸을 아낌없이 던지는 이시대의 박애주의자다.

· 어찌나 코를 세차게 고는지 마치 연락선 배가 항구에 들어오는 것 같다.

· 당신의 처진 어깨는 세월의 무게 때문이고, 당신의 흘리는 땀은

세월을 아쉬워하는 눈물입니다.

· 성냄도 벗어놓고 탐욕도 벗어놓고 물같이 바람같이 살아가는 사람이다.

· 사람은 어렵고 돈 드는 일은 하려고 애쓰고, 쉽고 돈 안 드는 일은 잘 안하려 한다.

· 최소한 정년까지 버텨야겠다는 구차한 몽니 같은 것에 매달리게 된 신세가 되었다고 생각하니 안타깝기 그지없다.

· 설레는 마음으로 아침에 눈을 뜰 수 있어야만 당신이 원하는 바람직한 삶으로 향할 수 있다.

· 오늘도 '하하' 하며 웃고, 내일도 '하하' 하며 웃고 살면 세상이 달라진다.

· 자식은 군대 가면 사촌이고 결혼하면 팔촌이다. 그러니 부부가 최고다.

· 세월이 지나자 미운 오리 새끼가 백조로 변하다.

· 그는 조금만 알면 더 이상 배우지 않으려는 꽉 찬 물병이다.

· 흡사 집을 지고 가는 달팽이처럼 뒤뚱거리며 걷는 노인의 뒷모습이 처량하다.

· 사람이라면 감자 껍질 깍듯이 결점을 다듬어 나갈 줄 알아야 한다.

· 나는 과연 내 인생의 주인 노릇을 하고 있는 걸까?

· 삶에 매달리는 사람은 시간이 낙엽처럼 빠르게 사라져 버리는 것을 보며 몸을 떨 것이다.

· 병이나 깡통, 신문 따위를 재활용할 수 있는데, 나라고 재활용하

지 못할 이유가 없다.

· 밥상 위의 남은 젓가락이요 타서버린 삼겹살 같은 초라한 신세다.

· 내게 나무 벨 시간이 여덟 시간 주어진다면 그 중 여섯 시간은 도끼를 가는 데 쓰겠다.(에이브러햄 링컨)

· 자신의 황폐한 마음의 밭을 기꺼이 갈아엎을 사람이 얼마나 될까?

· 그야말로 친구도 동기도 없는 산간벽지의 독학생 같은 처지가 되어버리고 만 것이다.

· 나는 골백번 나의 죄를 되씹었다. 그것 말고는 이 세상에서 할일이 아무것도 없는 인간이다.

· 만일 만용이라도 부렸다가는 여지없이 내 쪽박을 내손으로 깨는 꼴이 될 터이다.

· 이러지도 저러지도 못하고 샌드위치가 되고만 셈이다

· 이건 분명 피라미들이나 사는 연못에 느닷없이 뛰어든 잉어 꼴이었다.

· 많이 아는 사람보다 많이 느끼는 사람이 좋고, 많이 느끼는 사람보다 많이 깨닫는 사람이 좋다.

〈감정묘사〉

· 덫에 걸려 꼼짝할 수 없는 삶의 한 가운데에 나만 덩그러니 홀로 던져진 기분이다.

· 좋아하는 장난감을 빼앗긴 아이처럼 괜히 서글프다

· 시쳇말로 나의 주위에 '영양가 있는 사람'은 몇 명이나 될까? 영양가 있는 사람은 나의 내면 깊숙이 자리 잡은 생각과 감정을 거울처럼 비추어준다.

· 땅바닥에 폭삭 주저앉아 울어버리고 싶은 것을 참았다.

· 삶의 맥락을 잃어버리고 아무 곳이나, 그야말로 조용하게 심신을 달랠 곳이라면 지옥이라도 가고 싶은 심정이었다.

· 나의 발악적인 현실 도피심리가 똬리를 틀고 있었는지도 모른다.

· 참지 않으면 근심과 걱정이 없어지지 않을 것이다. 참는 것은 참으로 어려우나 사람이 아니면 참을 수 없고 참지 못하면 사람이 아니다.

· 바람이 불면 창공으로 치솟아 오르고 바람이 불지 않으면 땅으로 곤두박질치는 연과 같은 처지의 아슬아슬한 직장에서 해방되고 싶었다.

· 절망이 날벌레처럼 어지럽게 춤을 추웠고 나는 자제력을 잃어버렸다.

· 단숨에 마음 속 가장 깊은 곳에 잠들어 있는 가치관의 급소를 파고들었다.

· 기쁨은 장소, 사랑, 일 그리고 삶의 목적이 조화를 이루는 데서 온다.

· 우리 마음속에는 산채로 매장된 감정들이 있다. 그것을 계속 가두어 두면 다른 사람들과의 관계뿐만 아니라 자기 자신과의 관계마저 끊어지고 만다.

· 섣부른 감상이나 감정에 휘말리고 싶지 않아 들이켰던 숨을 잘게 부수어 소리 나지 않게 조금씩 내뱉었다.

· 깊은 바닥이 두려운 것이 아니라 보이지 않는 바닥이 두려운 것이다.

· 푸른 바닷물이 내 안으로 쏟아져 들어와 내 안의 모든 것을 휩쓸어가는 느낌을 받았다.

· 그리움은 과거라는 시간의 나무에서 흩날리는 낙엽이고 기다림은 미래라는 시간의 나무에서 흔들리는 꽃이다.

· 불쑥불쑥 등줄기를 타고 올라와서 불꽃처럼 파사삭 폭발하던 울화와 수치감, 그리고 자기의 인생이 끝났다는 깊은 절망감이 세상으로부터 자신을 고립시키는 칩거의 형태로 나타났다.

· 바위틈에 조용히 피어나 눈길 한번 받지 못하는 외로운 제비꽃처럼 살아가고 있다.

· 가려진 것을 한 꺼풀씩 글 쓰는 일로 벗겨 내면서 아름다운 것과의 만남을 나는 속마음으로 항상 고마워한다.

· 복숭아처럼 뺨이 붉고, 푸른 잎처럼 머리카락 싱그러웠던 시절은 슬픔과 절망조차 아름다웠다.

· 오롯이 자신과 독대하고 있다 보면 우리가 진정 갈망하는 것이 무엇인지 알게 된다.

· 넋을 잃고 아름다움을 바라보는 순간, 당신의 내면은 따뜻한 빛과 향긋한 향기가 가득한 정원이 될 것이다.

· 한 번에 하나씩 생각하고 사소하고 가벼운 것들을 천천히 음미

하면 행복해지는데 도움이 된다.(영국 작가 루머 고든)

· 가게에서 아주 멋진 물건을 발견하고 가격을 물어보지 않고 주저 없이 "포장해주세요." 하고 말할 수 있다면 끝내주게 행복할 것이다.

· 마음에 들지 않은 인간을 만나면 '그래, 산에는 소나무만 살지 않으니까.'라고 생각하면서 위안을 삼는다.

· 인간의 삶을 지탱하는 근본은 그의 가슴에 살아 있는 애틋한 애정이다.

〈정경묘사〉

· 해가 하루의 삶을 시작하기 위해 황금빛 얼굴을 내밀고 있다.

· 초승달은 초승달대로 애련한 정취가 깃들고, 보름달은 보름달대로 충만한 멋이 있다.

· 나무들이 머리카락을 산발한 채 몸살을 앓고 있다.

· 술은 짙고 달았고, 산촌의 밤은 가차없이 깊어 갔다.

· 등잔은 금방이라도 빨간 불꽃을 피울 수 있는 조신한 모습이었다.

· 외로운 길손을 위로하려는 듯 잠깐 쉬었다 가기에 안성맞춤인 곳이다.

· 거대한 자연은 그렇듯 쉼 없이 자신의 속도로 자신의 일을 하는데 인간만이 안달복달하면서 그 흐름을 스스럼없이 깨는 것 같다.

· 어찌나 도로가 곧고 확 트이고 긴지 그만 운전대를 놓아버리고 싶은 충동마저 일었다.

· 밀물이 찰싹거리며 해수욕장의 모래사장을 채우기 시작하자 비릿하면서도 새큼한 갯바람이 몰려든다.

· 우글거리는 인파가 마치 개미 군단 같다.

· 떨어지는 낙엽은 가을바람을 원망하지 않는다.

· 꽃이 지면 실의에 빠질 게 아니라 열매를 맺는다는 희망을 가져야 한다.

· 청산은 나를 보고 말없이 살라하고, 창공은 나를 보고 티 없이 살라 하네.

· 소리에 놀라지 않는 사자처럼, 그물에 걸리지 않는 바람처럼, 진흙에 더럽히지 않는 연꽃처럼, 무소의 뿔처럼 혼자서 가라하네.

· 매를 본 꿩이 도망가듯이 암흑이 창구멍으로 도망간다.

· 촛불이 책상머리에 아롱거리며 선녀처럼 춤을 춘다.

〈기타 묘사〉

· 주머니 속의 공깃돌처럼 내 마음대로 가지고 놀 수도 없다.

· 부부는 발에 묶인 쇠사슬과 같다. 죽을 때까지 함께 발을 맞추어 가야한다.

· 타임아웃이란 한 발짝 뒤로 물러나 깊이 숨을 들어 마심으로써 삶에 생명을 불어 넣는 것이라고 정의할 수 있다.

· 젊음이 너의 노력이나 상으로 얻은 것이 아니듯, 늙음이 나의 잘못이나 벌로 얻은 것이 아니다.

· 이미 흘러간 물은 물레방아를 돌리지 못한다.

· 내게 없는 것을 찾아 남과 비교하면서 불만스럽게 지내느니, 내게 있는 것에 기쁨과 보람을 느끼며 사는 것이 인생을 낭비하지 않는 지혜다.

· 물위에 떠 있는 백조가 고상하게 보이지만 밑으로는 쉴 새 없이 발길질을 해야만 살아남을 수 있다.

· 삶이란 도대체 얼마나 무거운 것이기에 하루를 짊어지기에도 저토록 힘들어 보일까. 아무 짐 없이 가볍게 나서는 산책일 수는 없는 걸까.

· 보석은 마찰 없이 가공될 수 없고 사람은 시련 없이 나아질 수 없다.

· 최상의 선이란 물과 같은 것이다. 물의 선함은 만물을 이롭게 해주지만 다투지 않는다. 물은 스스로 낮은 곳에 처신한다.

· 우리의 인생을 바꾸는 것은 엄청나게 큰 일이 아니다. 평소에는 관심조차 기울이지 않던 사소한 것들이 때로는 삶의 방향을 좌우하는 중대한 변수로 등장한다.

· 포기가 항상 비굴한 것만은 아니듯 불굴의 의지가 항상 통하는 것만은 아니다.

· 사람들이 흔히 생각하는 '최악의 사태'란 자신을 발견하는 '제2의 기회'이기도 하다.

· 어느 하나라도 모자라면 인생은 한 다리가 짧은 삼각대처럼 힘없이 무너진다.

· 배려는 받기 전에 주는 것이며 사소하지만 위대하고 만기가 정

해지지 않은 저축과도 같다. 한푼 두푼 모으다 보면 언젠가는 큰 뭉치가 되어서 되돌아온다.

· 안개가 아무리 짙게 떴어도 햇빛 나면 금세 사라진다.

· 먼지를 뒤집어쓴 잡동사니가 잔뜩 쌓여 있는 창고를 떠올려 보라. 우리의 삶이 그런 꼴이라면 참을 수 있겠는가.

· 서양 사람들의 지갑은 한국 사람들의 전대에 비하면 견고하기가 철갑이다.

· 시어머니 죽으라고 고사지냈는데, 친정어머니 죽었다고 부고장이 날아왔네.

· 입에서 나오는 대로 거칠게 말하지 말라. 말이란 체로 거르듯 곱게 말해도 나쁘게 들릴 수 있다.

· 서양 사람들의 지갑은 한국 사람들의 전대에 비하면 견고하기가 철갑이다.

· 사람의 보는 기준도 천차만별이다. 그래서 '제 눈에 안경'이란 말이 쓰인 것이다.

· 높은 계단을 오를 때는 끝이 아니라 눈앞의 계단에 초점을 맞추어야한다.

· 모든 사람은 육체, 정신, 감정, 영혼이라는 네 개의 방을 갖고 있다. 인생을 풍요하게 살아가려면 날마다 이 네 개의 방에 규칙적으로 들어가야 한다.(인도 속담)

· 삶에서 '살아 있다'는 느낌이 사라지면 삶 역시 손가락 사이로 모래가 빠져나가듯 사라지고 만다.

· 순수함이란 의식하지 않은 척하며 점잖게 매력을 높이는 기술이다.(미국의 작가 올리버 허퍼드)

· 칡뿌리를 씹어 먹듯 자꾸 읽어 맛이 깊어지면 좋은 글이다.

· 땅은 모든 것을 포용한다. 다 낡아 쓸모없는 육신도 받아준다.

· 삶과 죽음은 마치 쌍둥이처럼 서로 붙어 있는 모양이다.

· 만일 길을 가다가 개똥을 밟거든 크게 웃어 보아라. 어쩌면 개똥이란 자신에게 솔직해지라는 신호인지도 모른다.

· 어제의 좋은 일 두 개나, 결코 생기지 않을 내일의 좋은 일 세 개보다 오늘의 좋은 일 한 개가 낫다.(아일랜드 속담)

· 행복해지려면 가족과 친구와의 강한 유대감 못지않게 자연과 깊은 유대감이 필요하다.

· 성공해야 행복한 것이 아니라 행복해야 성공한다는 사실을 우리는 쉽게 잊고 있다.

· 우리는 늘 어딘가를 향해 가지만 그 어디에도 다다르지 못한다. 애당초 내게 맞지 않는 것을 선택하기 때문이다.

· 번잡한 도시에서 탈출계획을 생각하는 것만으로도 삶이라는 압력밥솥에서 증기가 빠져나가는 효과가 있다.

· 내 깐엔 심혈을 기울여 소를 그렸는데 남들이 말이라고 우기면 여물을 씹어 먹고 싶을 정도로 답답할 것이다.

· 알은 스스로 깨면 생명이 되지만 남이 깨면 요리감이 된다.

· 인간은 '알았다'에 의해서 어리석어지고, '느꼈다'에 의해서 성숙해지며 '깨우쳤다'에 의해서 자비로워진다.

· 시간은 기다리는 이에게는 매우 느리게 가고, 걱정거리가 있는 이에게는 매우 빨리 가며, 슬픈 이에게는 매우 길고 기뻐하는 이에게는 매우 짧다.

· 인생에 관한 한 우리는 지독한 근시다. 바로 코앞밖에 보지 못한다.

· 인간의 외모를 비추어 볼 수 있는 거울은 있어도 인간의 내면을 비추어 볼 수 있는 거울이 없다는 사실이 안타깝다.

· 권태의 치료약은 오락거리가 아니라 해야 할 그 무엇, 관심거리를 찾아내는 것이다.(존 가드너)

· 내적인 멋과 외적인 멋이 조화를 이룰 때 풍겨지는 멋이야말로 세상을 사는 지혜이며 용기가 될 수 있다.

· 포기하지 말라. 절망의 이빨에 심장을 물어 뜯겨본 자만이 희망을 사냥할 자격이 있다.

· 행복이란 줄에 묶인 애완견이 아니라 어깨 위에 앉은 매와 같다. 주인은 매와 함께 할 수는 있지만 매를 소유할 수 없다.

· 섣부른 비판이나 비방을 일삼지 말라. 그것은 무지라는 이름의 도끼를 휘둘러 남의 뒤통수를 찍으려다 자신의 이마를 쪼개는 행위나 다름없다.

· 사람들은 행복이란 것을 붙잡아서 새장 안에 가둬 둘 수 있는 물건인 양 언제나 욕망의 잠자리채를 들고 다니며 허공을 휘젓는다.

· 건강은 있으되 돈이 없으면 '재앙'이요, 돈은 있으되 건강이 없으면 '고독'이다.

· 모든 사람의 내면에는 풍요의 원칙과 기회의 씨앗이 숨어 있다.

우리에게 발견되어 실현되기만을 기다리는 꿈의 알맹이들이 깊숙이 박혀 있다.

· 미래의 소원, 희망, 꿈, 포부는 자신의 가장 진정한 보물이다. 그런 보물을 마음의 안식처에 보호하자.

· 예술은 고여 있으면 안 된다. 삶도 마찬가지다. 자신을 위해 만들어가고 있는 아름답고 진정한 삶은 당신의 예술 작품이다.

마치며 글을 쓴다는 것은 하나의 '능력'이다

참 말 많은 세상이다. 단 한순간이라도 어떤 말이든지 내뱉지 않으면 못 견뎌 하는 사람들이 많다. 쉴 새 없이 쏟아지는 말의 홍수. 그들을 꿀 먹은 벙어리처럼 조용하게 만드는 요긴한 방법이 하나 있다. "말씀은 좀 줄이시고 간단하게 몇 문장 글로 좀 적어 달라."라고만 하면 된다. 그 간단한 몇 문장을 글로 쓰지 못해 우물쭈물하는 사람들 또한 세상에는 많다.

수백 마디 말보다 어려운 게 몇 줄 글이다. 과학기술의 발달에 따른 정보화시대로의 진입. 모든 것이 기계화, 자동화된 이 시대에는 굳이 펜을 들지 않아도 소통을 할 방법은 얼마든지 있기에 사람들은 점점 글을 쓰지 않는다. 하지만 명심해야 할 것이 있다. 텔레파시가 가능해지지 않는 이상 인류의 모든 역사와 문화의 정보는 '글'로 써만 유효하다는 사실이다.

지금 당장 당신의 하루를 정리해 보라. 몇 줄이라도 좋다. 우선 써 보자. 그리고 누군가에게 자신 있게 그 글을 보여줄 수 있는가. 솔직히 부끄럽고 두려운 마음이 앞설 것이다. 하지만 글은 괴로움의 대상이 아니다. 조금만 생각을 바꾸고 조금만 노력을 한다면 삶을 행복하게 만드는 것이 글이다.

책을 내는 출판사의 입장에서 김병규 저자의『하루 7분, 기적의 글쓰기』가 세상에 나오게 된 것이 참 다행이다. 많은 독자들이 이 책을 읽고 글쓰기를 즐거워하게 된다면 책에 관심을 가지는 사람들이 분명 늘어날 것이기 때문이다. 어려운 해설과 주석을 최대한 배제하고 누구나 쉽게 접근할 수 있는 '수필 쓰기'를 중심으로 엮은 이 책은, 글쓰기가 '힘겨운 도전'이 아닌 '즐거운 여정'임을 독자들에게 자세히 알려준다.

하루에 5분은 이 책을 읽고 2분은 글을 써 보자. 비록 7분이지만 삶이 7배 행복해질지 누가 알겠는가. 몇 줄 문장으로 뒤바뀌는 삶, '쓰면 달콤해지는 인생'이 우리를 기다리고 있다.

– 행복에너지 편집부

주요 참고 문헌

· 글쓰기 단숨에 통달한다 (장진한, 행담출판, 2004)

· 글쓰기 정석 (배상복, 경향미디어, 2008)

· 글쓰기 필수비타민 50 (김상우, 페이퍼로드, 2009)

· 글쓰기의 공중부양 (이외수, 해냄출판사, 2009)

· 글쓰기 로드맵101 (남경태 옮김, 도서출판 들녘, 2010)

· 글쓰기 훈련소 (임정섭, 경향미디어, 2010)

· 글쓰기의 전략 (정희모 · 이재성, 도서출판 들녘, 2010)

· 글쓰기 특강 (김해식, 파라북스, 2011)

· 올바른 글쓰기 33가지 (김하원, 민중출판사, 2008)

· 엣지있게 글쓰기 (김애옥, 도서출판답게, 2009)

· 당신을 위한 글쓰기 레시피 (김민정, 청림출판, 2011)

· 글쓰기 강의 (이상원, 황소자리출판사, 2011)

· 소리 내어 읽고 싶은 우리 문장 (장하늘, 다산초당, 2006)
· 문장기술 (배상복, 랜덤하우스코리아, 2006)
· 이렇게 해야 바로 쓴다 (한효석, 한겨레출판, 2010)
· 좋은 글 바르게 쓰기 (김창환, 지혜서가, 2011)

· 아름답고 정겨운 우리말 (조항범 외 4명, 문화관광부, 2001)
· 나의 수필 쓰기 (윤재천, 도서출판 문학관, 2002)
· 수필 창작 (김상태, 푸른사상사, 2004)
· 수필 창작론 (정주환, 푸른사상사, 2005)

· 한국어 능력시험(제1,2,3권) (생활국어연구소, 환 크리에이티브, 2008)
· 고등학교 문학(상) (김상태 외 5인, 도서출판 태성, 2010)
· 고등학교 문학(상) (홍신선 외 2인, 천재교육, 2010)
· 고등학교 문학(상) (박경신 외 3인, 금성출판사, 2010)

'행복에너지'의 **해피 대한민국** 프로젝트!

〈모교 책 보내기 운동〉

대한민국의 뿌리, 대한민국의 미래 **청소년·청년**들에게 **책**을 보내주세요.

많은 학교의 도서관이 가난해지고 있습니다. 그만큼 많은 학생들의 마음 또한 가난해지고 있습니다. 학교 도서관에는 색이 바래고 찢어진 책들이 나뒹굽니다. 더럽고 먼지만 앉은 책을 과연 누가 읽고 싶어 할까요? 게임과 스마트폰에 중독된 초·중고생들. 입시의 문턱 앞에서 문제집에만 매달리는 고등학생들. 험난한 취업 준비에 책 읽을 시간조차 없는 대학생들. 아무런 꿈도 없이 정해진 길을 따라서만 가는 젊은이들이 과연 대한민국을 이끌 수 있을까요?

한 권의 책은 한 사람의 인생을 바꾸는 힘을 가지고 있습니다. 한 사람의 인생이 바뀌면 한 나라의 국운이 바뀝니다. **저희 행복에너지에서는 베스트셀러와 각종 기관에서 우수도서로 선정된 도서를 중심으로 〈모교 책 보내기 운동〉을 펼치고 있습니다.** 대한민국의 미래, 젊은이들에게 좋은 책을 보내주십시오. 독자 여러분의 자랑스러운 모교에 보내진 한 권의 책은 더 크게 성장할 대한민국의 발판이 될 것입니다.

도서출판 행복에너지를 성원해주시는 독자 여러분의 많은 관심과 참여 부탁드리겠습니다.

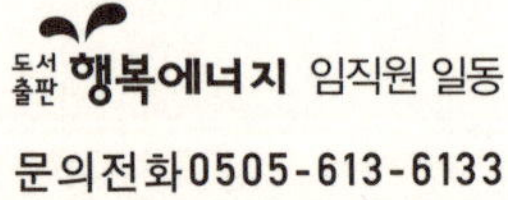

도서출판 행복에너지 임직원 일동
문의전화0505-613-6133

소마지성

라사 카파로 지음 · 최광석 옮김 | 368쪽 | 값 25,000원

전 세계에 불어닥친 '자가치유' 열풍은 국내에서도 각계의 주목을 받고 있다. 지난해에는 24년 만에 국내에 정식으로 소개된 『소마틱스』가 많은 독자들의 사랑을 받으며 '자가치유' 열기가 일시적인 유행이 아님을 증명했다. 『소마지성을 깨워라』는 '소마틱스 영역의 최신 이론'에 목말랐던 독자들에게 한층 진보된 방법론을 제시한다.

얌마! 너만 공부하냐

김재규 지음 | 280쪽 | 값 15,000원

'시험 공화국' 대한민국에서 '공부로 성공'하는 법! 최고 합격률, 최다 수험생으로 매일 공무원 학원가의 신화를 새로 쓰는 김재규경찰학원 원장의 번외 강의 '정말 미치도록 즐겁게 공부하기' 자신의 꿈을 향해 나아가는 이 순간, 기왕 해야 할 거, 즐겁게 공부를 하고 싶다면 당장 『얌마! 너만 공부하냐』의 첫 페이지를 펼쳐 보자.

열정은 배신하지 않는다

김의식 지음 · 이준호 엮음 | 272쪽 | 값 15,000원

과연 대한민국의 대학교는 우리 젊은이들에게 지성과 밝은 미래의 산실이 되어 줄 수 있는가? 구태에서 벗어나 현실적이면서도 획기적인 방식으로 학생들을 지도하는 Yes Kim의 강의에 그 답이 있다. 듣는 것만으로도 가슴을 뛰게 하는, 그 열정을 행동으로 이끄는 수업에 귀 기울여 보자.

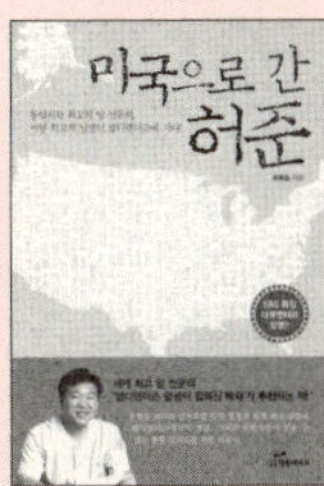

미국으로 간 허준

유화승 지음 | 304쪽 | 값 15,000원

동양의학 최고 암 전문의 유화승 교수는 '암을 정복한다'는 신념 하나만으로 서양 최고의 암센터 엠디앤더슨을 찾는다. 그가 들려주는 이야기는 이 시대, 암으로 고통 받는 모든 환자들에게 한 줄기 희망을 선사한다. 또한 희망만으로 그치는 것이 아닌, 현실로 다가오는 암 정복기가 첫 페이지에서부터 시작된다.

나는 기적을 믿지 않는다

구건서 지음 | 304쪽 | 값 15,000원

Keep Looking, Don't Settle!
힐링을 끝마쳤다면 지금 당장 '스탠딩' 하라! 아시아 최고의 노무사이자 대한민국 최고의 명강사 구건서가 전하는 당신의 무기력한 삶을 성공으로 이끌 Success Navigatorship, 그 8가지 키워드!
우리의 삶 매 순간이 '기적'이었음을 두 눈으로 똑똑히 목격하자.

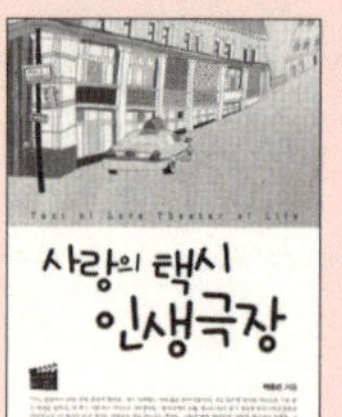

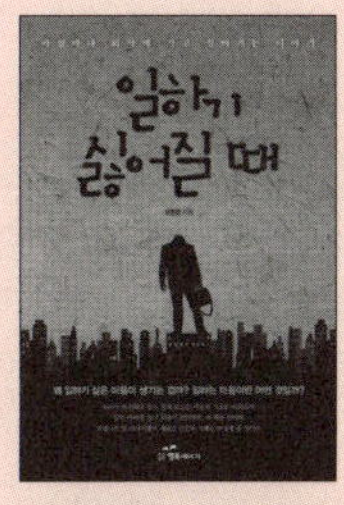

일하기 싫어질 때

김영환 | 280쪽 | 값 15,000원

왜 일하기 싫은 마음이 생기는 걸까? 일하는 마음이란 어떤 것일까?
이제 제대로 된 일 이야기가 필요하다. 답은 일 이야기 속에 들어있다. 우리가 마주하고 있는 일의 모습을 마음의 거울로 비춰보자. 꿈이 사라진 일의 모습이 보인다면, 이 책을 열어라. 연대기적 일 이야기에서 새롭고 신선한 지혜를 만나게 될 것이다.

네 인생을 성형하라

정형기 지음 | 320쪽 | 값 15,000원

얼굴을 성형하면 잘난 외모뿐이지만 인생을 성형하면 잘나가는 인생이 기다린다! 삶의 무게에 힘겨워하는 독자들에게 디딤돌이 되어줄 책, 『네 인생을 성형하라』가 제시하는 '착한 성형' 프로젝트!
보잘 것 없는 작은 지혜들이 모여 이룬 생의 큰 물줄기, 그 감동의 서브젝트!

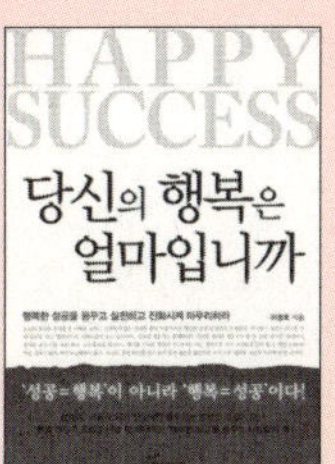

당신의 행복은 얼마입니까

이경호 지음 | 272쪽 | 값 15,000원

보험영업의 달인, 행복 전도사가 되다!
그저 성공만을 좇다가 진정한 행복은 눈앞에서 놓치는 사람들. 당신 자신을 위해, 당신을 사랑하는 모든 사람들을 위해 이제는 행복해져야 한다. 우리와 똑같은 보통사람의 보통사람을 위한 '행복' 사용 설명서!

공감 소통 공유

장규홍 지음 | 378쪽 | 값 17,000원

기자가 만난 사람들의 삶과 세상을 보는 눈.
싸이부터 박근혜까지. 정치, 경제, 문화 등 이 시대가 주목하는 각계의 저명인사에게 듣는 공감과 소통의 이야기. 20년 기자생활을 집대성한 SBS CNBC 장규홍 보도본부장의 역작이다.

그래, 중국으로 떠나자

황성룡 지음 | 344쪽 | 값 15,000원

번듯한 직장과 따뜻한 가정을 뒤로하고 홀로 떠난 24,000km 93일간의 여행. 『그래, 중국으로 떠나자』는 동경과 기대감에 반짝이던 어린 시절의 눈빛 그대로, 중국을 마주하고 사람을 마주한 한 사나이의 이야기이다. 삶에 지쳐 훌쩍 떠나고 싶은 독자들이라면 이 책을 덮는 순간 중국 전역을 여행한 듯한 감동을 받을 것이다.

돌격영웅전

박근형 지음 | 316쪽 | 값 15,000원

젊은이여! 위로는 끝났다. 신세타령 그만하고 일어나서 돌진하라! 시대를 앞서간 30인의 전세계 영웅이 전하는 열정과 도전의 메시지. 중요한 것은 생각이 아닌 실천. 온몸을 던져 세상에 도전하고 그에 대한 평가는 시간에 맡기자. 그 열정이 세상을 이끌어가는 원동력이다.

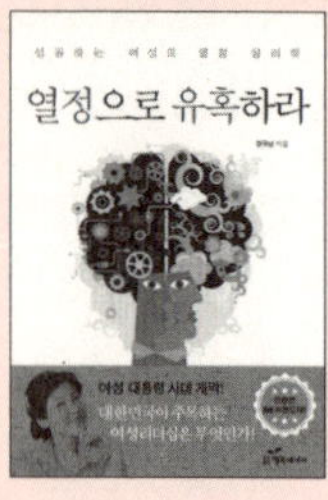

열정으로 유혹하라

강규남 지음 | 304쪽 | 값 15,000원

대한민국 최초 여성 대통령 시대 개막! 21세기 대한민국이 주목하는 여성 리더십! 특유의 감성과 포용력을 바탕으로, 사업 각 분야의 전위에 나서는 여성 리더들의 노하우는 무엇일까. 성공한 리더가 되기 위해 필요한 것은 오직 '열정' 하나임을, 30년 CEO 경력 저자의 목소리를 통해 들어보자.

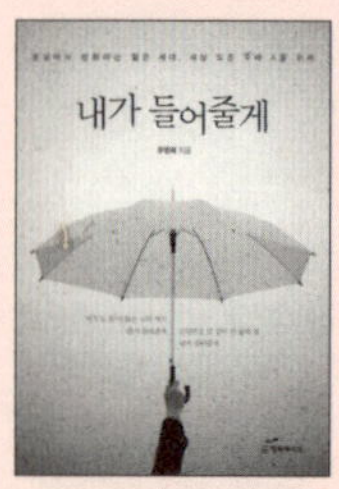

내가 들어줄게

우영제 지음 | 264쪽 | 값 15,000원

현실에서 방황하는 청춘들, 그 세상 모든 후배 A를 위해 현 고등학교 교사이자 '행복노하우'를 전파하는 강사로 활동 중인 '영제쌤'이 팔을 걷어붙였다. 아무도 듣지 않는 당신의 이야기, 아무도 나누지 않는 삶의 짐을 함께 들어줄 진정한 멘토의 열정 강의. '20대가 진정 갖춰야 할 경쟁력'이 무엇인지, 『내가 들어줄게』에 그 답이 있다.

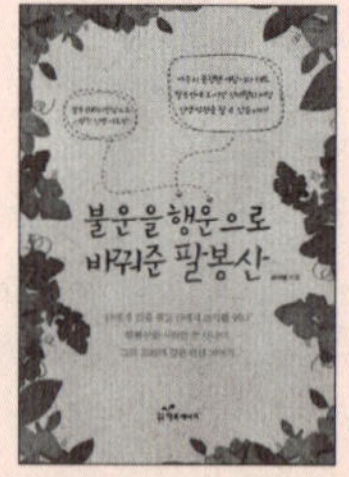

불운을 행운으로 바꿔준 팔봉산

성낙영 지음 | 288쪽 | 값 15,000원

언제 어떠한 모습으로 찾아가든 묵묵히 두 팔 벌려 우리를 반겨주는 저 짙푸름, 그 깊은 마음. 『불운을 행운으로 바꿔준 팔봉산』은 삶이 벼랑 끝으로 내몰린 순간, '팔봉산'이라는 믿음과 의지의 대상을 만나 생의 행로를 완전히 뒤바꾼 한 사나이의 이야기다. 도시의 삭막함과 버거운 삶의 무게에 지친 사람이라면 이 책을 통해 눈과 마음을 시원하게 만드는 소나무 숲의 청량함과 오직 '산'만이 줄 수 있는 웅장한 감동을 맛볼 수 있을 것이다.

그대 발끝에 이마를 대다

금해 스님 지음 | 296쪽 | 값 15,000원

상처만 가득한 시대. 그래서 힐링이 대세인 시대. 여기 금해 스님이 이 세상에 보내는 또 하나의 우주를 들여다보자. 작고 어여쁘지만 깊은 뜻이 담긴 말씀들, 사진에 담은 찰나의 아름다운 풍경들. 금해 스님은 이를 통해 독자들이 스스로 '하나의 온전한 세상'이 되길 바란다. 그 어떤 상처라 해도 '나'라는 우주의 일부임을 깨닫게 된다면 그 거룩한 마음 앞에 아픔은 저절로 물러서는 것이다.